千年紀《ミレニアム》末古事記伝

ONOGORO

鯨統一郎

ハルキ文庫

角川春樹事務所

千年紀《ミレニアム》末古事記伝
ONOGORO

鯨 統一郎

ハルキ文庫

角川春樹事務所

＊古事記の真相に触れています。

目次

千年紀《ミレニアム》末古事記伝・ONOGORO

序

雷《いかづち》がきっかけだった。

二十五年かけて、いま稗田阿礼《ひえだのあれ》が倭《やまと》の総ての歴史を感知し終えた。

なぜヤマタノヲロチの腹の中から草薙《くさなぎ》の剣《つるぎ》が出てきたのか。

もともと伊邪那岐《いざなき》が手にしていた草薙の剣が、ヤマタノヲロチの腹の中から出てきたことは長い間の謎《なぞ》だった。その訳が今、雷鳴を聞いた瞬間に判《わか》ったのだ。

天武《てんむ》天皇に、忘れ去られてしまった古《いにしえ》の真の史《ふみ》を取り戻せと仰せつかってから、はや二十五年の歳月が流れてしまっている。世は天武天皇の姪《めい》の元明《げんめい》天皇の治世に移り変わった。

早熟だった稗田阿礼に、天武天皇の白羽の矢が立ったのは十歳の時だった。いま稗田阿礼は三十五歳の女盛りになっている。

阿礼は簑《みの》を被《かぶ》ると、強い雨が降りしきる奈良の町へ出ていった。

向かうは平城京、三条大路の太安万侶《おおのやすまろ》の住居である……。

＊

太安万侶は朝からそわそわとしていた。

（今日は何かが起こりそうだ）

文字によって物語を紡ぎ、その書物を永遠に残すという、倭《やまと》の歴史で初めての事業を元明天皇より仰せつかっている太安万侶は、他の者より心が研ぎ澄まされている。虫の知らせが多く届くのだ。

（この安万侶の勘に狂いはない）

安万侶は五十を過ぎてから突然に禿《は》げあがった頭に手をやった。

（今日は何かが、いや、稗田阿礼がやってくる。間違いない）

胡座《あぐら》の上に置いた右の拳《こぶし》に自然と力が入る。この右手に筆を握り、文を綴《つづ》るときが来たのだ。

「主様《ぬし》」

襖《ふすま》の向こうから従者が声をかける。

「稗田阿礼様がやって参りました」

「通せ」

安万侶は、はやる気持ちを抑えた落着いた声で答えた。

襖が開いて稗田阿礼が姿を見せる。

「待っていたぞ」

安万侶はそのぎょろりとした目を阿礼に向ける。

「わたくしが参ることが判ったのですね」

「判ったとも」

従者が礼をして引き下がる。襖は閉じられた。

「長かったな」

「はい」

阿礼はその優しげな目を細めて安万侶を見つめた。

大化改新で即位した天智《てんじ》天皇が、二十七年後に薨去《こうきょ》されると、その弟である大海皇子《おおあまのおうじ》が、天智天皇の子、大友《おおとも》皇子を討って即位した。この乱は壬申《じんしん》の乱と呼ばれ、大海皇子は天武天皇となった。

天武天皇は、兄である天智天皇から、三種の神器を受け継いだ。

そこで天武天皇はひとつの疑問を抱いた。

(この三種の神器は、いったいどのようにしてわが皇《すめらぎ》の家に伝えられるようになったのだろう)

文字によって物語を記すことは、過去にも何度か試みられたことはある。だが、皇家、すなわち倭の文を記した帝紀、本辞は、散逸し、あるいは虚偽の史を書き加えられ、形を為《な》さない。

（この国の史を残らず書き記して、後世に伝えなければならない）

そう思った天武天皇は、巫女《みこ》として類《たぐ》い希《まれ》な能力《ちから》を有するといわれていた稗田阿礼に、倭の史の初めから現在《いま》までの出来事を、残さず感じ取り、話すのだと命じられた。

その話を書き留める役は、当代随一の文章家、太安万侶が仰せつかった。

太安万侶は、天武天皇の仰せを躰《からだ》が震えるほどの悦《よろこ》びを持って拝命した。

だが、幾千年にもおよぶ倭の全歴史を感知することは並大抵の仕事ではなく、その総《すべ》てを感知し終えるまでに稗田阿礼は二十五年という歳月を費やしてしまったのだ。

すでに天武天皇はなく、天武帝の姪の元明天皇が奈良の都で倭を統《す》べている。

「聞かせてもらおうか。倭の始まりからの総ての史を」

「それが」

稗田阿礼が言い淀《よど》んでいる。

「どうしたのだ」

「はい」

阿礼は安万侶の顔を厳しい顔で見つめる。

「何か良くないことでもあったのか」

「この倭の歴史には、ある秘密が隠されていたのです」

安万侶に膝《ひざ》を寄せる阿礼の眼《め》の光は、ますます強くなっている。

「ある秘密とは」

「それは」

阿礼は顔を伏せた。

「どうした」

阿礼は話そうとしない。

「ええい、もどかしい。話すのだ。この安万侶に話すのだ。それが帝《みかど》のご命令ぞ」

「はい」

阿礼は顔を上げた。

「では」

阿礼は眉《まゆ》をしかめながら安万侶を見た。

「われらがどこから来たか、そのことが明らかになりました」

「われらがどこから来たか……」

阿礼は頷《うなず》く。

「われらとは」

「倭の民」

安万侶は、漠然とだが、阿礼がなにかとてつもない物語を感知してしまったのではないかと悟った。だが、もう後に引くわけには行かぬ。

「かまわぬ。望むところではないか。われらの出自を、聞かせてもらおうか」

「後悔は致しませぬか」

「せぬ」

安万侶は、阿礼よりもなお強い光をその目に宿した。

「聞かせるのだ。そもそもの始まりを」

安万侶の言葉に、阿礼はゆっくりと頷いた。

「まだ天地ができる前、大きな爆発が起こったのです」

阿礼の声は、少し震えていた。

一、天地《あめつち》の初め

大きな爆発が起こった。爆発して脹《ふく》れ続ける塊の中に、爆発に似た凶暴な〝意志〟が生まれた。

塊《かたまり》が膨れ上がった。


はじめ、〝意志〟はただ一つの存在だった。だが、理性がなければならぬと高御産巣日《たかみむすひの》神《かみ》が思った瞬間《とき》、高御産巣日神が生まれた。

一方で慈悲がなければならぬと神産巣日神《かみむすひのかみ》が思った。そして神産巣日神が生まれた。

辺りは漆黒の闇《やみ》だった。

「お前は誰だ」

高御産巣日神が尋ねた。

「私は神産巣日神です」

神産巣日神が答えた。

「吾《われ》の名は高御産巣日神」

高御産巣日神が名乗った。

「神産巣日神。この世界には吾とお前の二つの存在しか見当たらぬ」

「はい。でもこの世界に一つの存在ばかりでなく良かったと思います」

「この世界とはそもそも何なのだ」

高御産巣日神と神産巣日神は辺りを見まわした。高御産巣日神と神産巣日神には眼《め》というものがなかった。

二つの存在には体がなかった。

闇の中を二つの存在は意識だけを漂わせていた。

「我らは本当に二人だけなのか」

「もちろん二人だけです」

「だが、我らの他に、もう一つの存在の気配を感じるのだ」

「はて」

神産巣日神は考えを巡らせた。

「やはり我ら二人の他に何者もいない様子」

「そんな筈《はず》はない」

「この世界は穏《おだ》やかです。他に何を望みましょう」

「何かが足りぬ気がするのだ」

「何が」

「それが判《わか》らぬのだ」

気が流れた。

「ざわざわとします」

「これは風というものだ」

「風……」

水滴が流れる。

「ひやりとします」

「これは水というものだ」

風が強まり水が激しく流れ始める。

突風が吹き、高御産巣日神と神産巣日神が吹き飛ばされた。

「あれ、高御産巣日神。はぐれなさるな」

暴風雨が吹き荒れ、高御産巣日神と神産巣日神は飛ばされる。

暴風雨は、意識の下方に向きを変えた。

高御産巣日神と神産巣日神も下方に飛ばされる。

暴風雨が意識の上方に向きを変えた。

高御産巣日神と神産巣日神も上方に飛ばされる。

暴風雨は突然逆の方角に向きを変えた。

高御産巣日神と神産巣日神は何者かの力に鷲掴《わしづか》みにされた。

「あれ、助けて、高御産巣日神」

「慌てるな。我ら二人力を合わせれば、何者にも負けるものではない。落着くのだ」

高御産巣日神は動こうとするが動きが取れない。

「よいか神産巣日神。我らそれぞれ逆の方角に進むのだ」

「それは心細いこと」

「なんの。一時のこと。この得体の知れぬ力から逃れたらまた会おうぞ」

二人の神は示し合わせるとそれぞれ逆の方角へと飛び去った。

勢い良く飛び出したが、暴風雨の中、またもや元の在りかに引き戻される。

「この世界とはいったい何なのだ」

荒々しい声がした。

「お前は誰だ」

高御産巣日神が荒々しい声に訊《き》く。

「余の名は天之御中主神《あめのみなかぬしのかみ》」

「天之御中主神……」

「あなたはいつからこの世界にいるのですか」

神産巣日神が尋ねる。

「先ほど、高御産巣日神が〝我らの他に、もう一つの存在を感じる〟と言ったときに生まれたのだ」

暴風雨はまだ荒れ狂っている。高御産巣日神も神産巣日神も鷲摑みにされながら暴風雨に晒《さら》されている。

「我らをどうする気か」

「こうしてくれる」

天之御中主神は、高御産巣日神と神産巣日神を鷲摑みにしたまま叩《たた》き合わせた。

「あれ、酷《むご》いことを」

天之御中主神は笑った。

「放せ」

高御産巣日神が言うと天之御中主神は二人の神を解き放した。

「この世界に在るのは我ら三人だけ。互いに諍《いさか》いなく過ごすべきだ」

高御産巣日神が言う。

神産巣日神が言う。

「お互いに仲良く暮らしましょう」

二人の神の言葉に天之御中主神は「なるほど。それもそうだ」と言った。

「だが余は誰かを殴りつけたいのだ」

「あなたがそのような考えなら吾と神産巣日神の二人で力を合わせあなたに立ち向かわねばならぬ」

「ほう。お前たち二人が力を合わせれば余に勝てるというのか」

「そのつもりだ」

高御産巣日神の手に一本の剣《つるぎ》が握られた。神産巣日神の手にも一本の剣が現われた。

嵐《あらし》が吹き荒れている。

天之御中主神と高御産巣日神の間を脂《あぶら》のような存在が流れすぎる。その脂のような存在から萌《も》え出るように、宇摩志阿斯訶備比古遅神《うましあしかびひこぢのかみ》、天之常立神《あめのとこたちのかみ》の二神が生まれた。

「これで神は五柱となったぞ」

嵐が止《や》んだ。

宇摩志阿斯訶備比古遅神《うましあしかびひこぢのかみ》と天之常立神《あめのとこたちのかみ》は言葉を発せずに漂っている。

「まだまだだ」

天之御中主神が言う。

「あなたは何者です」

高御産巣日神が尋ねると天之御中主神は「神を、造る、神だ、」と答えた。

国之常立神《くにのとこたちのかみ》が生まれた。

「この神は一代」

次に豊雲野神《とよくものののかみ》が生まれた。

「この神も一代」

次に宇比地邇神《うひぢにのかみ》、妹須比智邇神《いもすひぢにのかみ》が生まれた。

「この二神で一代」

次に角杙神《つのぐひのかみ》と妹活杙神《いもいくぐひのかみ》。

次に意富斗能地神《おほとのちのかみ》と妹大斗乃弁神《いもおほとのべのかみ》。

次に於母陀流神《おもだるのかみ》と妹阿夜訶志古泥神《いもあやかしこぬのかみ》。

「これで六代」

天之御中主神が言う。

永い年月が重ねられたように高御産巣日神には感じられた。

「これで終わりだ」

「まて、天之御中主神」

高御産巣日神が天之御中主神に声をかける。

「何だ」

「まだ足りぬ」

「足りぬだと。余はもう神を造らぬ。これで充分だ」

「初めに我ら三神があった。次に宇摩志阿斯訶備比古遅神《うましあしかびひこぢのかみ》、天之常立神《あめのとこたちのかみ》の二神が加わり五神となった」

「それでよいではないか」

「だが、三神、五神とくれば、次は七代でなければ理に適《かな》わぬ。しかるに今はまだ六代」

「うるさい奴」

暴風雨が吹き荒れた。

神々は吹き飛ばされた。

伊邪那岐神《いざなきのかみ》、伊邪那美神《いざなみのかみ》が生まれた。

風に吹き飛ばされながら高御産巣日神が叫んだ。

「これで七代そろった」

「この二神は出来損ないだ」

天之御中主神が言う。

「伊邪那岐《いざなき》には余分なところがある。伊邪那美《いざなみ》は足りぬところがある」

「それはあなたが神を造る手間を煩わしく思い、おざなりに事を済ませたからだ」

「だが出来損ないに用はない。どこへとでも飛んでゆけ」

伊邪那岐と伊邪那美は吹き飛ばされた。

「それではあまりに理不尽」

高御産巣日神と神産巣日神は、飛ばされゆく伊邪那岐と伊邪那美に、それぞれ剣を投げ与えた。

伊邪那岐が二本の剣をたしかに受け取った。

二、淤能碁呂島《おのごろ》

荒れ狂う嵐《あらし》の中を長い時間、飛ばされ続けた後、伊邪那岐《いざなき》は剣《つるぎ》を払った。

剣が空間をなぎ払い、そこだけ嵐が止《や》んだ。

伊邪那岐は止まった。

伊邪那美《いざなみ》が追いついて止まった。

二人の神の周囲は風が止んだが、その周りはいまだに暴風雨が吹き荒れている。

「俺は伊邪那岐。お前は」

「われは伊邪那美」

辺りは漆黒の闇《やみ》でお互いの姿がよく見えぬ。

「おのれ高天原《たかまがはら》の神々よ。よくもわれらを追放してくれたな」

「高天原とは」

「我らが生まれたこの空間だ」

「伊邪那岐よ。神々を悪く言うのはやめてたもれ」

「我らは捨てられたのだ」

「違います」

「違うだと」

「はい」

「どう違うというのだ」

伊邪那岐は闇の中で伊邪那美を見つめた。

「あなたの持っているその剣」

伊邪那岐は右手の剣に目を移す。

「もし我らが本当に捨てられたのであれば、なぜそのような剣を渡されたのです」

「うむ」

「その剣には特別な力がある様子」

伊邪那岐はしばらく剣を見つめると、再び周囲の気を切り裂いた。

辺りがぼんやりと明るくなる。

伊邪那美の白い裸身が暗闇の中に浮かび上がる。

伊邪那岐は伊邪那美の裸身を眺めた。

胸は脹《ふく》れ腰はくびれている。顔は小さく、切れ長の目は慈《いっく》しむように伊邪那岐を見つめている。

「いつまでもこの高天原《たかまがはら》に漂っているわけにはいかぬ」

伊邪那岐は伊邪那美を見つめながら言った。

伊邪那美の顔を伊邪那岐は「美しい」と感じた。

「どうすれば良いのでしょう」

「依代《よりしろ》を造ることだ」

「依代……」

「我らの故郷はこの高天原。だが高天原の中で神々の棲《す》む場所は遥《はる》か遠い。戻るに戻れぬ。我らはこの空間に依代を造ってそこをひとまずの根城とするのだ」

「依代はどのようにして造るのです」

「この剣が役にたつ」

伊邪那岐は剣を使い周囲に漂う浮遊物を集めだした。

剣はごろごろと音をたてる。

伊邪那美は伊邪那岐の仕事を黙って見つめている。

伊邪那岐の整った顔にはうっすらと髭《ひげ》が生え始めている。

泥のような脂《あぶら》のような浮遊物は一ヶ所に集まりだし、形を整え始める。

泥は地面となり、広くなり、下方の視野を遮る。

伊邪那岐は地面の周囲に壁を造る。

仕事に疲れると伊邪那岐は眠った。伊邪那美もその隣りに添い寝する。

目が覚めると伊邪那岐はまた剣を使い依代造りに精を出す。

剣はごろごろと音を出す。

長い時間がかかって依代は完成した。

それは暗い高天原の空間にあって、巨大な塊《かたまり》だった。

その依代の上に立つと、依代の果てが見えないほど巨大な塊だった。その巨大な塊が、高天原の宙に浮いていた。

依代の周囲には暴風雨が吹き荒れているが、依代の中にいれば穏やかだった。

「この依代を淤能碁呂《おのごろ》と名づけよう」

伊邪那岐の言葉に伊邪那美は頷《うなず》いた。

淤能碁呂には柱が立てられ、広大な御殿が建てられた。その御殿に伊邪那岐と伊邪那美は棲んだ。

二人で暮らすうちに、伊邪那岐は落着かない心持ちになった。

どこがどう落着かぬのかよく判《わか》らぬ。だがそれは伊邪那美に関することであるのは確かなようだ。心が落着かなくなると、体の中央の突起物が固く大きくなる。

あるとき伊邪那岐はとうとう我慢ができなくなった。

「おい伊邪那美」

「はい」

伊邪那岐は伊邪那美の肩を摑《つか》んだ。体の突起物が今にも伊邪那美の体に触れそうになる。

「お前の躰《からだ》はどのようにして出来上がったのだ」

「なぜそのようなことをお尋ねになるのです」

「いいから答えろ」

伊邪那岐は伊邪那美の肩を揺すった。

「おやめください。なんと乱暴な」

伊邪那美は伊邪那岐の手を振り払おうとする。だが伊邪那岐の手は伊邪那美の肩を掴んで離さない。

「答えろ」

「われの躰はだんだんと成り立ったのです」

伊邪那岐は伊邪那美の肩を掴んだまま伊邪那美の躰を見回した。

「でも、足りないところが足の付け根に一ヶ所だけあるのです」

伊邪那美は目を落としてその箇所を見た。

「俺の躰もだんだんと成り立った。だが、余分なところが一ヶ所だけあるのだ」

「もし。伊邪那岐様」

「なんだ」

「あなた様のその余分なところを、われの足りないところに挿《さ》しこんだらどうでしょう」

「なに。俺の躰の余《あま》っている部分を、お前の躰の足りない箇所に挿しこむというのか」

「はい」

「なぜそのようなことをする」

「なぜでも。そうしたくて堪《たま》らないのです」

「そのようなことはしたくない」

「われはしたくて我慢ができませぬ」

そう言うと伊邪那美は自分の躰の足りない部分を伊邪那岐の突起物に押しつけた。

「何をする」

「伊邪那岐様。ずっと我慢をしていたのです。あなた様のような逞《たくま》しい男と裸で暮らしているうちに、あなた様に挿し貫かれたいと強く願うようになったのです」

「しかしお前はそのような素振《そぶ》りは今まで見せなかったではないか」

「あなた様が誘ってくれるのを待っていたのです。でももう我慢ができなくなりました」

伊邪那美はさらに強く自分の躰を伊邪那岐に押しつける。

「やめるのだ」

伊邪那岐は伊邪那美の肩を摑んでいた手を離した。

「伊邪那岐様」

「判った。だがまず褥《しとね》を整えよう」

「褥……」

「そうだ。立ったままではやりにくい」

「判りました」

「次に柱の周りをお前は右から、俺は左から廻《まわ》る。出会ったところで交合《まぐわ》うことにしよう」

伊邪那岐はさっそく剣を使って褥を造った。

「さあ、この褥でどうだ」

「結構です」

「では、柱の周りを回ろう」

「はい。この日を待ち望んでおりました」

そういうと伊邪那岐は左回りに、伊邪那美は右回りに柱を回り始めた。

柱を一回りすると、二人の神は再びまみえた。

「ああ、なんと素晴らしい男《おのこ》でしょう」

「お前こそ、なんと素晴らしい乙女《おとめ》なのだ」

二人は抱き合った。

褥に横になる。伊邪那美が仰向けに寝て、その上に伊邪那岐が被《かぶ》さった。

伊邪那岐は伊邪那美の口を吸った。伊邪那美の唾《つば》を吸い上げる。

細い躰に似合わぬ丸く大きな胸を摑む。伊邪那美が躰をのけ反らす。伊邪那岐は伊邪那美の胸を口に含む。

伊邪那美はすすり泣くような声を洩《も》らす。その声が嵐となって淤能碁呂に吹き荒れる。

伊邪那岐は、自分の躰の突起物を、伊邪那美の躰の孔《あな》に挿しこむ。

伊邪那美は伊邪那岐の背中を手で包む。

伊邪那岐は、何度も何度も突起物を伊邪那美の中に挿し入れる。

やがて突起物が伊邪那美の中で膨張し、自分の命の分身、小さな命の精をまき散らした。

伊邪那岐は満足した。

*

幾日も幾日も伊邪那岐と伊邪那美は交合《まぐわ》い続けた。

交合うほかにやることもない。

「伊邪那美よ」

「はい」

「我らは神としては出来損ないなのであろうか」

「なぜでございます」

「俺には出っ張りがある。これは余分なものらしい。お前には孔がある。それは足りないところらしい」

「たしかに高天原の神々から見れば我らは不完全な神でしょう。でも、だからこそ、お互いの至らぬところを補い合うのではないでしょうか」

やがて伊邪那美の腹が膨らみ始めた。

「これはどうしたことだ」

「稚児《ややこ》ができたのです」

「稚児だと」

「はい」

「我らが新しい神を生むのか」

伊邪那美は頷いた。

「そうか。遂に不完全な我らも、二人で助け合い、神を産むという天之御中主神《あめのみなかぬしのかみ》と同じ力を得たのだな」

二人の神は満足そうに頷き合った。

＊

伊邪那美の腹は膨らみ続けた。今にも破裂しそうなほど大きくなった。腹の部分だけで伊邪那岐よりも大きな程だ。

「伊邪那美。早く生まぬか」

「まだでございます」

「しかしその腹は少し大き過ぎはしないか」

「立派な稚児が入っているのでございましょう」

「それにしても、あまりに大き過ぎるように思えるのだが」

伊邪那岐は首を捻《ひね》った。

また何日かが過ぎた。

伊邪那美の腹はさらに膨らんだ。

「どうだ伊邪那美」

「気分がすぐれませぬ」

「腹が膨らみすぎたのだ。このままではお前の躰が心配だ。それにお前の腹が大きく膨らんでからというもの交合いもできぬ。この剣でお前の腹を裂いてくれよう」

「お待ちください。剣で腹を裂いたら稚児が死んでしまいます」

「かまわぬ。稚児はまた作れば良いではないか」

伊邪那岐は右の手で剣を振り上げた。

「あれ、お待ちを」

伊邪那岐の右手が動いた。

伊邪那美が苦しみだした。

「どうした」

「苦しい」

「どうすればよいのだ」

「稚児が生まれます」

「なに」

伊邪那岐は剣を腰に戻した。

伊邪那美は褥《しとね》に仰向けになった。脚を開き股《また》の間から子を産もうと力む。

「伊邪那美。早く子を産むのだ」

伊邪那岐が伊邪那美の股を覗《のぞ》き込むと、何かが股の間から出ようとしている。

「伊邪那美、生まれるぞ」

「はい」

伊邪那美は腹と股に力を込めた。

ぬるり、と何かが伊邪那美の股から姿を現わした。また、ぬるり。

「こ、これは」

ぬるり、ぬるり、と次々に押し出されてくる。

「顔がない。手も足もない。これは水蛭子《ひるこ》だ」

伊邪那美の大きな腹から水蛭子が這《は》い出た。頭がいくつにも分かれている。

「我らはやはり我らと同じ形の子をなすことなどできぬのだ。我らは不完全な神なのだ。

水蛭子が生まれたのはそのせいだ」

そういうと伊邪那岐は剣を水蛭子の腹に突き刺した。

水蛭子は激しい呻《うめ》き声を上げ、のたうちまわった。

「捨ててしまえ」

「はい」

「捨てる前にとどめを刺しておけ」

「判りました」

伊邪那岐はどこへともなく去ってしまった。水蛭子は苦しげな声をあげ伊邪那岐の背中を見つめている。

剣は水蛭子の腹の中に埋もれてしまった。

だが水蛭子はまだ息をしている。

伊邪那美は苦しそうにのたうちまわる水蛭子にとどめを刺すことをためらった。

伊邪那美は葦《あし》の葉で船を造り、水蛭子を乗せて淤能碁呂の外へ流した。

「この淤能碁呂を離れては生きてはいられまい」

伊邪那美は自分が産んだ水蛭子を捨てながら、涙を流した。

三、二神の国生み

淤能碁呂《おのごろ》を脅《おびや》かす暴風雨が吹き荒れていた。

気がつくと伊邪那岐《いざなき》と伊邪那美《いざなみ》の前にぼんやりとした黒い影が見える。

「あなたは誰です」

伊邪那岐が訊《き》いた。

「高御産巣日神《たかみむすひのかみ》だ」

「あれ、お懐《なつ》かしい」

伊邪那美が言う。

「なぜ姿を隠しているのです」

伊邪那岐が問う。

「高天原《たかまがはら》の神は姿を見せるなどというはしたないことはせぬものだ」

伊邪那岐は目を凝らしたがやはり高御産巣日神の姿はぼんやりと影にしか見えぬ。

「よい処《ところ》だな。淤能碁呂は」

黒い影が辺りを見まわした。

「高天原は広い。淤能碁呂のような島があると何かと役にたつ」

「どのような役にたつのですか」

「たとえば葦原中国《あしはらのなかつくに》に降り立つときに」

「葦原中国……」

「そうだ」

「その国はどこにあるのですか」

「高天原よりもこの淤能碁呂よりも、ずっと下の方にある」

「その国はどのような処なのですか」

伊邪那美が訊いた。

「葦《あし》が豊かに生茂り、蜻蛉《とんぼ》が飛び交う処だ」

高御産巣日神が右手を動かすと、地面が裂けた。その隙間《すきま》から下が覗《のぞ》ける。

「見るがよい。あれが葦原中国だ」

伊邪那岐と伊邪那美はおそるおそる地面の裂け目から下を覗いた。

青い海の中に八つの島が見える。

「お前たちは子をたくさん作り、あの土地を子で満たすのだ。子と家が満ち満ちて地面も見えなくなるほどに」

「なぜあの土地を子で満たすのです」

「出来損ないのお前たちが、本当に新しい神の種族を創造できるか、試してみるのだ」

裂け目が閉じた。

「しかし高御産巣日神」

伊邪那岐が顔を上げながら言う。

「我らの子は水蛭子《ひるこ》でした」

「それは伊邪那美が先に声をかけたからであろう。今度は伊邪那岐が先に声をかけてみよ」

「判《わか》りました」

「お前たちは葦原中国における万物の造物主になるのだ」

「万物の造物主……」

黒い影が薄くなり消えようとする。

「ところで生まれた水蛭子だが」

「はい」

「どう始末した」

「剣《つるぎ》で刺し殺しました」

「その剣はどうした」

「水蛭子の腹の中にあります」

「そうか。では伊邪那美の剣を伊邪那岐に与えるがよい」

「はい」

伊邪那美は伊邪那岐に、自分の剣を渡した。

「もう一度訊くが、水蛭子はたしかに死んだのだな」

伊邪那岐は伊邪那美を見た。

「はい」

伊邪那美は顔を伏せながら言った。

「ならばよい。もし生きているようなら、後々、葦原中国に災いをもたらすかも知れぬぞ」

そういうと高御産巣日神は姿を消した。

*

高御産巣日神が淤能碁呂を去って、また二人きりになると、伊邪那岐は伊邪那美の肩を摑《つか》んで言った。

「さあ、交合《まぐわ》おう。また柱を廻《まわ》るのだ。今度は俺から声をかける」

「判りました」

伊邪那岐は左に柱を廻った。伊邪那美は右に廻る。二人は再び出会う。

「伊邪那美。お前は本当に美しい」

「伊邪那岐様。あなたこそ本当に逞《たくま》しい」

二人は言い合うと、抱き合い、お互いの口を吸った。

しばらくそうした後、二人は躰《からだ》を離した。

伊邪那美はその柔らかい躰を褥《しとね》に横たえた。豊かな胸とくびれた腰。長く細い黒髪に切れ長の目。

伊邪那美はそのすらりとした脚を開いて伊邪那岐を待った。

伊邪那岐はその逞しい躰を伊邪那美の上に被《かぶ》せた。

伊邪那美が開いた脚の間に自分の躰を割り込ませる。

自分の突起物を、伊邪那美の孔《あな》の中に挿《さ》し入れる。

伊邪那美は目を瞑《つむ》り顔を歪《ゆが》める。だがその口から洩《も》れる吐息には甘い香りが漂っている。

伊邪那岐は自分の突起物を何度も何度も伊邪那美の孔に出し入れする。

次第に伊邪那美の胸が大きく波うつようになる。

伊邪那美は伊邪那岐の背中を抱きしめる。

伊邪那岐は自分の命を伊邪那美の体内に放出する。

二人はしばらくそのまま抱き合い、やがて躰を離す。

伊邪那岐は疲れを覚えて眠りこけた。

長い間眠り続け、目が覚めると伊邪那美の腹が膨らんでいた。

「どうしたのだ伊邪那美」

「稚児《ややこ》ができました」

「なに」

伊邪那岐は伊邪那美の腹をさすった。

「今度もまた水蛭子《ひるこ》であろうか」

二人は子が産まれるのを不安な気持ちで待ち続けた。

やがて伊邪那美の腹が満ち、子を産む苦しみが訪れた。

伊邪那美は褥に横になり、股《また》を開いた。

伊邪那岐が股の間を覗き込む。赤黒い血の塊《かたまり》が股の間から姿を見せた。

「こ、これは」

血の塊はぬるりと股から出てきた。

血の塊と見えたのは稚児の頭だった。

「稚児だ。我らの稚児だぞ」

「伊邪那岐様。嬉《うれ》しゅうございます」

稚児が生まれ落ちると伊邪那美は血に濡《ぬ》れたその躰を水で洗い清めた。

「まて伊邪那美」

「どうしたのです」

「この子はまともな神ではない」

伊邪那美は伊邪那岐を見つめた。そして我が子の顔を覗く。どこにも変わったところはない。

「なぜそのようなことを」

「見ろ。この子も俺と同じように余分なところを持って生まれてきた」

「当たり前のことでしょう」

「当たり前だと」

「はい。この子はあなた様のお子なのですから」

「そうか」

「完全な神々の時代は終わったのです。これからは我らが新たな神となるのです」

伊邪那美にそう言われてあらためて子を見ると、その子が愛《いと》おしく感じられる。

「さて、この子をどうしたら良いものか」

伊邪那美が愛おしげに抱く稚児を眺めながら伊邪那岐が言った。

「高御産巣日神様は、葦原中国《あしはらのなかつくに》を子で満たせと仰せになりました。これからは、われらのように足りないところと余分なところがある子どもたちが、葦原中国を満たすのです」

「うむ。伊邪那美、下を見ろ」

淤能碁呂の大地が避け、その遥《はる》か下方に青い広大な海が見える。

「あの海の見える処が葦原中国だ」

その海の中に、大小の島が八つ浮かんでいる。

「あの島の一つが淡路《あわじ》島だ。この子は淡路島に住まわせよう」

「はい」

伊邪那美は乳を一口飲ませると、船に乗せて稚児を淡路島に送った。

「さて、これで一仕事終えた。俺はいささか疲れた。後は二人でのんびりと昼寝でもしてすごそうではないか」

「伊邪那岐様。われはまた交合いがしとうなりました」

「なに」

「さあ、やりましょう」

伊邪那美は褥に横になった。

伊邪那岐は自分の躰を眺めた。突起物がまたむくむくと大きく固くなっている。

「そう言われてみれば俺もまたやりたくなってきた」

伊邪那岐は伊邪那美に覆いかぶさった。

激しい交合の後、伊邪那岐は眠りこけた。

目が覚めるとまた伊邪那美の腹が膨らんでいる。

「稚児か」

「はい」

伊邪那美はまた子を産んだ。

「この子には孔があります。われと同じです」

「うむ」

「この子はどういたしましょう」

「伊予《いよ》の島に住まわそう」

「判りました」

伊邪那美は船を造ると二番目の子を乗せて伊予の島に送り出した。

「これで我ら二人の分身を葦原中国に送り出すことができた。我らも大仕事を成し遂げたものよ」

伊邪那岐は地面の裂け目から下方を眺めながら言った。

「さて、ここらでしばらく休もうではないか」

「伊邪那岐様」

伊邪那美が伊邪那岐の腕を摑んだ。

「われはまた、しとうなりました」

「なんだと」

伊邪那岐は伊邪那美の顔を見た。その目は焦点が定まらず夢見心地のようである。薄く開いた口は妖《あや》しい吐息を漏らしている。

伊邪那岐は伊邪那美の波うつ乳房を見ているうちにまた伊邪那美と交合いたい気持ちが湧《わ》き起こる。

「判った。交合おう」

伊邪那岐と伊邪那美はまた肌を合わせた。

稚児が生まれた。

その稚児を二人は隠岐島《おきの》に住まわせた。

「伊邪那美」

「はい」

「俺は今度こそ本当に疲れた。しばらく眠るぞ」

「いけませぬ」

「なに」

「われはまたしとうなったのです」

伊邪那岐はしばし返事をためらった。

「お願いです。伊邪那岐様。今一度」

「しかし」

「高御産巣日神様のお言葉を忘れたのですか。葦原中国を子で満たせと仰《おつしや》ったではないですか」

「うむ」

二人の神はまた交合った。

稚児が生まれ、今度の稚児は筑紫《つくし》島に住まわせた。

「さあ、これでおしまいだ。今度という今度は休ませてくれ」

「いやです」

伊邪那美は伊邪那岐の躰にしがみついた。伊邪那岐が褥に倒れる。伊邪那美が倒れた伊邪那岐の上に覆いかぶさる。

「そんなに疲れたのなら今度はわれが上になりましょう。あなた様は体を動かさずにただ横になっていればよい」

「そこまで言われては仕方がない」

伊邪那岐は伊邪那美のなすがままになった。だが、伊邪那岐の突起物はなかなか固くならなかった。

「さすがに疲れて躰がいうことを聞かぬ。もう終わりにしよう」

伊邪那美は躰を下方にずらして伊邪那岐の突起物を口に含んだ。伊邪那岐はまた回復した。

五番目の子が産まれ、壱岐島《いきのしま》に住まわせた。

伊邪那美はなおも伊邪那岐に交合いを求めた。

伊邪那岐は疲れ果ててただ横になっているだけだった。その伊邪那岐の突起物を伊邪那美は口に含み、固く大きくさせ、自らが上になり腰を落として体内に挿し入れた。

六番目の子は対馬《つしま》に住まわせた。

七番目の子は佐渡《さど》に住まわせた。

八番目の子はいちばん大きな島、大倭豊秋津島《おおやまととよあきづしま》に住まわせた。

「これで八人の子ができました」

「八人の子はそれぞれ八つの島に住まわせた。葦原中国には島が八つあるので、この国を大八島国《おおやしま》ともいうのだ」

そういうと伊邪那岐は眠りに落ちた。

伊邪那岐が長い眠りから覚めると、伊邪那美はまた交合いを求めてきた。それでさらに六人の神を生み、吉備児島《きびのこ》、小豆島《あずき》、大島、女島《ひめ》、知訶島《ちかの》、両児島《ふたごの》に住まわせた。

四、二神の神生み

伊邪那岐《いざなき》は眠り続けた。

もういくら伊邪那美《いざなみ》が突起物を口に含んでも固くなることはなかった。

「ああ、悔しい。伊邪那岐様。まだまだ葦原中国《あしはらのなかつくに》は満ちておりませぬ」

伊邪那美は眠る伊邪那岐に乳房を押しつけた。だが伊邪那岐は起きる気配がない。ただ寝息だけをたてている。

「起きてください伊邪那岐様。また二人で交合《まぐわ》いましょう」

伊邪那美は眠る伊邪那岐に抱きついた。

――どうしたのだ。

天上から声が聞こえた。

伊邪那美は顔を上げた。

気がつくと離れた場所に黒い影が立っている。

「あなた様は」

「高御産巣日神《たかみむすひのかみ》だ」

伊邪那美は横たえた躰《からだ》を起こして正座をした。

「何を嘆いているのだ」

「はい。それは」

伊邪那美は言い淀《よど》んだ。

「お前たちはよく交合い葦原中国に子を作った。だがまだまだ足りぬ」

「はい」

「伊邪那岐を起こさぬか」

「起こしても起きませぬ」

「そうか。では代わりに吾《われ》がお前と交合おう」

「え」

「嫌か」

伊邪那美は返事ができずにいる。

高御産巣日神が近づいてきた。

「お待ちください、高御産巣日神様」

「どうした」

「われと伊邪那岐は契った仲。その伊邪那岐を裏切りほかの神と交合うことはできませぬ」

「だが伊邪那岐は眠ったまま起きぬではないか」

「はい」

「お前の躰はこれを欲しておろう」

高御産巣日神の黒い影の中央がむくむくと盛り上がった。黒い巨大な突起物が現われる。

「どうだ。吾は自分の躰を思うように変えることができるのだ。この突起物は伊邪那岐の躰を見て真似《まね》をしたのだ。これをお前の孔《あな》の中に入れてやろう」

「お止《や》めください。伊邪那岐が哀《かな》しみます」

「伊邪那岐は眠っている。気づかれる心配はない」

「でも」

「お前はこれが欲しくないのか」

高御産巣日神はさらに近づき黒い突起物を伊邪那美の顔の前に晒《さら》した。

「ああ」

伊邪那美は溜息《ためいき》を漏らした。

「さあ、今すぐこれをお前の孔に入れてやる。横になるのだ」

「でも」

「いうことを聞いたらお前によいものをやろう」

そういうと高御産巣日神は丸くてきらきらと輝く板を伊邪那美にかざした。

「それは」

「鏡というものだ」

「鏡……」

「自分の姿を見ることができるのだ」

伊邪那美は鏡に映った自分の姿を見た。黒く長い髪と豊かな胸。切れ長の眼《め》。伊邪那美は自分の姿を美しいと思った。

高御産巣日神は伊邪那美の乳房を掴《つか》んだ。

「ああ」

伊邪那美は顔を歪《ゆが》めた。

「一度だけだ。約束する」

高御産巣日神が伊邪那美を押し倒す。

「お待ちください。せめて伊邪那岐に気づかれぬよう、場所を変えてくださいまし」

「判《わか》った」

高御産巣日神は伊邪那美の手を引き柱の後ろに廻《まわ》った。

「ここならよかろう」

高御産巣日神は褥《しとね》を作り伊邪那美を押し倒した。

そのまま一気に突起物を伊邪那美の体内に挿《さ》し入れる。伊邪那美は長い叫び声を上げる。

「どうだ」

「ああ、高御産巣日神様」

伊邪那美は高御産巣日神にしがみついた。

高御産巣日神は伊邪那美の体内に自分の命を解き放つ。

伊邪那美はまた神を生んだ。葦原中国に船で送る。

伊邪那岐はまだ眠り続けている。

「さあ伊邪那美。もう一度だ」

高御産巣日神は褥の上に横坐《よこずわ》りしている伊邪那美に言った。

「もう嫌です。一度だけという約束でした」

「よいではないか。伊邪那岐はまだ眠り続けている」

高御産巣日神は伊邪那美を褥の上に押し倒した。

「あれ、おやめください」

伊邪那美はまた高御産巣日神に貫かれた。

また新しい神が生まれ、葦原中国に送られた。

「さあ、もう一度だ」

高御産巣日神は言うと伊邪那美をまた褥に横たえた。

伊邪那美は高御産巣日神を受け入れた。

伊邪那岐が眠り続けている間に、伊邪那美は高御産巣日神との間に新しい神を五度、産んだ。

「今日はよい経験をした。後は伊邪那岐と楽しく過ごすがよい」

高御産巣日神が立ち去ろうとする。

「お待ちください」

「何だ」

「もう一度だけしとうなりました」

「なんだと」

「お願いです。あなた様とも、もっともっと交合いたくなりました」

伊邪那美は褥に横たわり股《また》を開いた。

「うむ」

高御産巣日神はまた伊邪那美を挿し貫いた。

また新しい神が生まれ、葦原中国に送られる。

伊邪那美は何度も高御産巣日神に求め、新しい神が十人生まれた。

「疲れた」

高御産巣日神が伊邪那美から躰を離した。

「もう一度」

伊邪那美が高御産巣日神の躰を摑もうとすると突風が起こり、高御産巣日神が飛ばされた。

「あれ」

伊邪那美も吹き飛ばされそうになり、必死で褥に手をついて踏みとどまろうとする。

「余が相手をしてやろう」

大気を震わせる声がする。

伊邪那美は辺りを見まわす。すでに高御産巣日神の姿はない。

黒い巨大な影が見える。

風が緩《ゆる》くなった。

「あなた様は」

「天之御中主神《あめのみなかぬしのかみ》だ」

黒い影が目の前に迫り、突起物を伊邪那美の眼前に突きつけた。

「どうだ。誰よりも大きく固い突起物を造ったぞ」

伊邪那美の眼前でその巨大な突起物が息づいている。

「さあ、交合おう」

風は止んでいる。

「それはいけませぬ」

「なぜだ」

「われの相手は伊邪那岐です」

「しかし、お前はすでに高御産巣日神とも交合ったではないか」

伊邪那美は顔を伏せた。

「伊邪那岐は眠り続け、高御産巣日神は飛ばされた。ここには余とお前だけしかいない」

天之御中主神は伊邪那美の肩を摑むと褥に押し倒した。

「あれ」

「さあ、いくぞ」

抵抗する間もなく、天之御中主神が伊邪那美を貫いた。

「これが交合いというものか」

天之御中主神は哄笑《こうしょう》した。

何度も何度も伊邪那美を挿し貫く。

天之御中主神は伊邪那岐よりも高御産巣日神よりも激しく伊邪那美を挿し貫いた。

伊邪那美は白目をむいて口から涎《よだれ》を垂らしている。

天之御中主神が自分の命を伊邪那美の体内で爆発させた。

伊邪那美は躰をひくひくと痙攣《けいれん》させて気を失った。

目が覚めたときにはまた腹《ふく》が脹れていた。

新しい神が生まれ、葦原中国に送られた。

「さあ、もう一度だ」

「はい」

伊邪那美は天之御中主神の言葉に逆らわなかった。

褥に横になり股を開く。

天之御中主神は笑いながら伊邪那美を挿し貫いた。

伊邪那美はまた子を孕《はら》み、新しい神を産んだ。

天之御中主神は留《とど》まるところを知らず伊邪那美を攻め続けた。

伊邪那美もまた天之御中主神を拒みはしなかった。

伊邪那美は天之御中主神との間に神を八人産んだ。

天之御中主神の突起物がなくなっている。

「天之御中主神様。もう一度」

「余の突起物は消えた。もうできぬ」

「ああ、悔しい」

伊邪那美は身悶《みもだ》えた。

伊邪那岐はまだ眠り続けている。

「ならば葦原中国から神を呼び戻そう」

そういうと天之御中主神は両手を大地に振りかざした。

大地が裂け、葦原中国から数多《あまた》の神が呼び戻された。

かつて自分が産んだ神々に伊邪那美は躰を開いた。

神々は次々に伊邪那美に覆いかぶさった。

伊邪那美は総《すべ》ての神々を受け入れた。

幾度も幾度も伊邪那美は歓喜の声をあげ、白目をむき、涎を垂らし、気を失った。

さらに新しい神々が生まれた。その神々とも伊邪那美は交合った。

気を失った伊邪那美に神々は自分の突起物を挿し入れた。

もはや伊邪那美は歓喜の声をあげることはなかった。

伊邪那美に群がっていた神々は身を引いた。

既に天之御中主神の姿はない。

「女陰《ほと》が熱を帯びている」

誰かが言った。

今まで眠り続けていた伊邪那岐が目を覚ました。

「伊邪那美」

「伊邪那岐様」

伊邪那岐の声に伊邪那美は目を開けた。

「眠り続けて疲れが取れた。さあ、交合おう」

「はい」

「いけませぬ」

神の一人が言った。

「お前は誰だ」

「伊邪那美から生まれた神の一人です」

見渡すと数多の神々が伊邪那岐と伊邪那美を取り巻いている。

「伊邪那美の女陰は焼けただれて熱を帯びています。もう交合いはできませぬ」

「しかし、俺は交合いがしたいのだ。伊邪那美との交合いの味が忘れられない」

「しましょう、伊邪那岐様」

伊邪那美が横になったままとぎれそうな声で言った。

「おお、伊邪那美。判ってくれるか」

「はい」

伊邪那美は股を開いた。

伊邪那岐がその上に覆いかぶさる。

数多の神々が見守る中、伊邪那岐と伊邪那美は交合いを始めた。

それは長い交合いだった。

甘美な愛撫《あいぶ》。執拗《しつよう》な口吸い。密着した肌。激しい律動。

やがて二人は動きを止め、伊邪那岐は躰を離した。

伊邪那岐は立ち上がり伊邪那美を見下ろす。

伊邪那美は目を閉じたままだ。

「伊邪那美」

伊邪那美の胸が幽《かす》かに波うっている。だが伊邪那岐の呼びかけに応《こた》えはしない。

やがて伊邪那岐と神々の見ているうちに、伊邪那美の腹が膨らんできた。

伊邪那美の焼けただれた女陰から新しい神が生まれ落ちた。

その神は皆の見ている前でみるみる間に成長した。

体は薄い炎で包まれている。

「お前は誰だ」

伊邪那岐が訊《き》いた。

「火之夜芸速男神《ひのやぎはやをの》だ」

そういうと火之夜芸速男神を包む炎はいっそう燃えさかった。

「伊邪那岐様」

伊邪那美が褥に身を横たえたまま声をかけた。

「われはもう生きてはおれませぬ」

「伊邪那美。何を言うか」

「好色が祟《たた》ったのです。女陰が焼けてわれの命を奪っていきます」

「お前はその躰で数多の神々を生み出したのだ。そのお前をむざむざと死なせてなるものか」

「ありがたいお言葉。けれどわれはもういけませぬ」

「しっかりしろ」

「約束してください」

「何を約束すればよいのだ」

「われが産んだ神々がやがて葦原中国を満たすよう、力を尽くしてください」

「引き受けた。お前の産んだ神々はやがて葦原中国の土地を満たすだろう」

伊邪那岐の言葉を聞くと、伊邪那美は安堵《あんど》の笑みを浮かべた。

やがて目を閉じ、息をしなくなった。

「伊邪那美」

伊邪那岐の呼びかけに、伊邪那美は答えない。

安らかな死に顔だった。

伊邪那岐は伊邪那美の亡骸《なきがら》を抱いたまま涙を流し、叫び声を上げた。

伊邪那岐の流す涙から、泣沢女神《なきさわめの》という神が生まれ、四方に飛び散った。

さんざん泣いた後、伊邪那岐は伊邪那美の亡骸を下ろし、伊邪那美から譲り受けた十拳《とつかの》剣《つるぎ》を手に取り、火之夜芸速男神に向かって言った。

「火之夜芸速男神よ。お前が伊邪那美の女陰を焼き尽くし、死に追いやったのだ。生かしてはおけぬ」

「何を言うか。伊邪那美は自分の命を賭《か》けて俺を産んでくれた。伊邪那美が望んで俺を産んだのだ」

「お前が生まれなかったら伊邪那美は死にはしなかった」

伊邪那岐は剣を火之夜芸速男神に向けた。

「俺を殺そうというのか」

「そうだ。覚悟をしろ」

伊邪那岐は剣を振り上げた。

「伊邪那岐。死ぬのはお前の方だ」

そう言うと火之夜芸速男神は口から炎を吐いた。

炎は伊邪那岐を包んだ。

伊邪那岐は炎に包まれながら剣を振り回す。

「無駄だ。伊邪那岐。お前は焼け死ぬのだ」

伊邪那岐は炎に包まれながらも剣をいっそう強く振り下ろした。すると伊邪那岐を包んでいた炎が伊邪那岐の躰から振り払われた。

「こ、これは」

「俺を見くびるなよ、火之夜芸速男神。俺は葦原中国における万物の造物主なのだ」

そう言うと伊邪那岐は剣を一閃《いっせん》させた。

火之夜芸速男神の躰はまっぷたつに分かれた。

伊邪那岐はまた剣を振るう。

火之夜芸速男神の躰がいくつにも分かれて四方に飛び散る。

「どうだ。火之夜芸速男神よ。お前は消えてなくなったのだ」

細かく分かれて飛び散った火之夜芸速男神の躰が、勢いをなくして地面に落ちた。

伊邪那岐は剣を収めた。

「伊邪那美」

伊邪那岐が伊邪那美の躰を抱こうとする。

宙には火之夜芸速男神の躰から発していた火が、細かく分かれて漂っている。

その火が一つに集まろうとしている。

伊邪那岐が伊邪那美の躰に手をかけようとしたとき、宙に漂う火が突然ひとつになり伊邪那美の死に絶えた躰に向かって飛んだ。

「あ」

火はあっという間に伊邪那美の躰を連れ去り宙に消えた。

「おのれ火之夜芸速男神」

伊邪那岐は悔しがったがすでに炎に包まれた伊邪那美の姿は見えない。

炎の明かりは消え、漆黒の闇《やみ》があるばかりだ。

「どこへ消えたのだ」

伊邪那岐は途方に暮れた。後には伊邪那美が高御産巣日神から授かった鏡があるばかりだった。

五、黄泉国《よみのくに》

新しい神々は淤能碁呂《おのごろ》を去った。淤能碁呂に残った神もいたが、淤能碁呂があまりにも広いために探し出すことはできなかった。

伊邪那岐《いざなき》は淤能碁呂で一人きりになった。

伊邪那岐は毎日泣き暮らした。

「どこへ行ったのだ、伊邪那美《いざなみ》の亡骸《なきがら》よ」

葦原中国《あしはらのなかつくに》を捜してみようと伊邪那岐は思い立った。

伊邪那岐は十拳剣《とつかのつるぎ》で船を造り、葦原中国に降り立った。

葦原中国は見渡す限り荒野が続いていた。だが伊邪那岐が降り立って荒野を眺めていると、地面から葦《あし》の芽が生えてきた。葦の芽は見る見るうちに伸びて一面が葦で覆われた。

「なんと力強い草よ」

伊邪那岐は葦の成長の早さから、この土地が持つ力強さを感じ取った。

「だが、伊邪那美はどこにいるのか」

辺りを見渡しても神々の姿は見えない。いくら伊邪那美が数多《あまた》の神々を産んだとしても、この広い土地に紛れては容易に姿を見ることはできぬのだろう。

宙には無数の蜻蛉《とんぼ》が飛び交っている。

伊邪那岐は葦の原を分け進んだ。

葦を踏む音だけが聞こえている。

あてはない。

(蜻蛉よ。お前はどこに行くのだ)

蜻蛉を見ながら幾日も葦原中国をさまよい続け、とうとう伊邪那岐は伊邪那美を見つけられずに淤能碁呂に帰った。

「どこへ行ったのだ、伊邪那美よ」

伊邪那岐は褥《しとね》に伏して泣いた。

「そんなに哀《かな》しいのですか」

どこからか声がする。

伊邪那岐は頭を上げた。

「誰ですか」

「私は神産巣日神《かみむすひの》です」

伊邪那岐は思わず頭を下げた。

神産巣日神といえば、高天原《たかまがはら》に最初に現われた三神の一人だ。

神産巣日神の姿はぼんやりと霞《かす》んでよく見えない。

「伊邪那美に会いたいのですか」

「会いたい。俺はどうしても伊邪那美に会いたいのだ」

「伊邪那美はもう死んでいるのですよ」

「かまわない。亡骸でもいい。俺の側に置いておきたいのだ」

神産巣日神が頷《うなず》く気配がした。

「判《わか》りました。妻を思うあなたの気持ちを汲《く》んで伊邪那美の居場所を教えましょう」

「本当か」

神産巣日神は頷いた。

「教えてほしい。伊邪那美はどこにいるのです」

「命を亡くした者はみな黄泉《よみの》国に行くのです」

「黄泉国……」

「そうです」

「それは、どこにあるのですか」

「葦原中国よりも、もっと遠いところです」

「葦原中国よりも……」

「はい」

「どうすればそこに行くことができるのですか」

「こうするのです」

伊邪那岐の首に何かが巻きついた。伊邪那岐は息が苦しくなりその巻きついた物を外そうとする。

「外してくれ」

巻きついた物は紐《ひも》で作った輪で、その紐に透き通った雨の滴のような造り物がついている。

「これは何だ」

「勾玉《まがたま》です。その勾玉があなたを黄泉国へ連れて行くでしょう」

伊邪那岐は竜巻《たつまき》に包まれた。

突風にくるまれて伊邪那岐は宙に巻き上げられた。躰《からだ》が引きちぎられそうになる。伊邪那岐は両手で自らの躰を守ろうとするが、その手が動かない。

「おおお」

伊邪那岐は叫んだ。

伊邪那岐は宙でくるくると廻《まわ》りながら、どこか遠くへと飛ばされてしまった。

＊

いつの間にか気を失っていた。

目を開けるとすぐに地面が見える。地面に寝ているのだ。

伊邪那岐はゆっくりと躰を起こした。

辺りは暗い。だが、夜の暗さではない。伊邪那岐は空を見上げた。

厚い雲が空一面を覆い、陽《ひ》の光を遮《さえぎ》っている。

雲には小さな稲光が走っている。

周りには葦も生えていない。大きな岩と小さな草が所々にあるばかりだ。

(ここが黄泉国なのか)

岩の間を縫うように伊邪那岐は歩き出した。

あてはない。だがこの地に伊邪那美はいるはずだ。

(伊邪那美。待っていてくれ)

岩と稲光の道を伊邪那岐は歩き続けた。

やがて前方に建物が見えた。

(あれは)

伊邪那岐は足を速めた。

黒光りする木で築き上げられた巨大な御殿が目の前に迫る。

(ここに伊邪那美はいるのだろうか)

伊邪那岐は御殿の門の前に立った。

伊邪那岐の背の高さの二つ分はある高く大きな門である。だが門は固く閉ざされている。

伊邪那岐は門の隙間《すきま》に手をかけた。

門は動かない。

（どうしたものか）

伊邪那岐はしばし思案した。

（伊邪那美の名を呼んでみよう）

もし御殿の中に伊邪那美の亡骸が安置されているのなら、中の者が返事をしてくれるだろう。

「おおい、伊邪那美よ」

伊邪那岐が大声を張り上げた。

「汝《なんじ》が夫《つま》、伊邪那岐が迎えに来たぞ」

伊邪那岐の大声は御殿に轟《とどろ》いた。だが返事はない。伊邪那岐は何度も何度も伊邪那美の名を呼んだ。

門はがんとして動かない。

（誰もいないのだろうか）

伊邪那岐は叫ぶのをやめた。

美しかった伊邪那美の姿が目に浮かぶ。

（伊邪那美。お前はここにもいないのか）

伊邪那岐はきびすを返した。また、もと来た道を引き返す。

重い木をこすり合わせるような幽《かす》かな音が聞こえる。

伊邪那岐は足を止めた。ゆっくりと振り返る。

御殿の門が動いた。

伊邪那岐は躰の向きを変えた。

門が開きつつある。

伊邪那岐は門の動きを見つめる。

細く開いた門の隙間から、見覚えのある顔が覗《のぞ》いた。

「お、お前は」

伊邪那岐は信じられぬ思いでその顔を見つめた。

「生きていたのか」

門から顔を覗かせたのは伊邪那美だった。

「お懐かしゅうございます。伊邪那岐様」

伊邪那美は透き通るような声を出した。

「ああ、伊邪那美。どんなに会いたかったことか」

「われもです」

伊邪那美の声が伊邪那岐にすがりつく。

「さあ、帰ろう、伊邪那美よ。黄泉国から帰るのだ」

伊邪那岐は思わず伊邪那美に声をかけた。

「それはできませぬ」

「なぜだ」

「われはもう死んでいるのです。お互いに躰を触れあうことはできませぬ」

「何を言う。お前はそうして生きて話をしているではないか」

「でも躰を触れあうことはできませぬ」

門の影から伊邪那美の真っ白い裸身がほの見える。

「そのような言葉は信じられぬ。さあ、黄泉国から帰ろうぞ」

「われはもう、黄泉帰《よみがえ》ることはできませぬ」

「愛《いと》しい伊邪那美よ。二人で交合《まぐわ》った日々を忘れたのか」

「忘れはしません」

「お前のお陰で葦原中国には子がたくさんできた」

「はい」

「だがまだまだ足りぬ。まだお前の力がいるのだ。さあ、一緒に淤能碁呂に戻ろう。淤能碁呂に戻れば、高天原にも葦原中国にも思いのままに行けるのだ」

伊邪那岐の言葉を聞くと、伊邪那美の目から涙がこぼれ落ちた。

「どうした。何が哀しいのだ」

「はい。あなた様の優しい言葉を聞いて、われは嬉《うれ》しく思いました。でも、われは戻ることはできないのです。それで哀しくて涙を流したのです」

「なぜだ。なぜ戻ることができぬのだ」

「ああ、もっと早くあなた様が来てくだされば良かった」

伊邪那美は嗚咽《おえつ》した。

「教えてくれ伊邪那美よ。どうして戻ることはできぬのだ」

「それは」

伊邪那美はためらっている。

「教えてくれ」

伊邪那岐が詰め寄る。

「判りました。ではお教えしましょう。われはもう黄泉戸喫《よもつへぐい》してしまったのです。だから戻ることはできないのです」

「黄泉戸喫……」

伊邪那岐はその言葉を呆然《ぼうぜん》と聞いた。

「黄泉戸喫とは、黄泉国の食べ物を食べることです。われはもう黄泉国の食べ物を口にしてしまったのです。だから二度と元の国に戻ることはできないのです」

伊邪那美は涙の流れる顔で伊邪那岐を見つめた。

「俺は諦《あきら》めきれない。狂おしいまでにお前に恋い焦がれて黄泉国までやってきたのだ」

「諦めてください」

「できぬ」

「困りました」

「黄泉国を統《す》べる神がいるはずだ。その神に頼んでくれ。愛しい夫が妻を黄泉帰らせるために遥々《はるばる》やってきたと」

伊邪那岐は伊邪那美をじっと見つめた。伊邪那美は頷いた。

「判りました。そこまで言うのなら黄泉国を統べる神に頼んでみましょう。でも、その間、けっしてわれの姿を見ないでください」

「約束しよう」

「一目でもわれの姿を見たならきっと後悔することになりますよ」

「判った」

伊邪那美は去っていった。

門が閉まる。その門の向こうに、伊邪那美の裸の後ろ姿が見えていた。

＊

伊邪那美はなかなか姿を現わさなかった。伊邪那美が御殿の中に戻って門が閉ざされてから、かなりの時が経《た》つ。

（遅い）

伊邪那岐の心は焦《じ》らされた。

（何をしているのだ）

今すぐにでも門をこじ開けて伊邪那美に会いに行きたい。だが、頼み事が終わるまでは決して伊邪那美の姿を見てはいけないという約束をしたのだ。

（もうすぐ一日が終わろうとする）

空の暗さは変わらない。おそらく黄泉国では昼も夜もないのだろう。だがいつもなら眠気が襲ってくる頃だ。

伊邪那岐はなおも待った。

伊邪那美の美しい裸身が目に浮かぶ。

伊邪那美のやさしい抱擁《ほうよう》を思い出す。

伊邪那岐の突起物が固く大きくなった。

もう居ても立ってもいられなくなった。

（何としても伊邪那美に会いたい）

そしてまた交合うのだ。

（せめて伊邪那美が、黄泉国の神とどのように話をしているかだけでも聞きたいものだ）

それを伊邪那美に悟られなければ良いではないか。

伊邪那岐は十拳剣に手をかけた。鞘《さや》から抜いて門の隙間に差し込む。剣の力を利用して、門をこじ開けようとする。

伊邪那岐は大地に足を張り、渾身《こんしん》の力を込め、門を開けにかかった。

門が幽かに唸《うな》り、薄く開いた。

（やったぞ）

伊邪那岐はさらに門を開き、躰が入る隙間ができると剣をしまい御殿に入った。

御殿の中は漆黒の闇《やみ》だった。

門を入ると庭の筈《はず》だが、空を見上げても光のない闇ばかりで、空なのか天上なのかも判然としない。

伊邪那岐は自分の頭に手をやり、左の御角髪《みみずら》に挿《さ》していた櫛《くし》を取り、その中の太い歯を一本折った。するとその歯は炎を発した。

辺りがほんのりと明るくなる。

空を見上げると厚く黒い雲が覆っている。

(やはりここはまだ庭だったのだ)

伊邪那岐は櫛の火を頼りに庭を進んだ。

しばらく行くと御殿の扉に着いた。

伊邪那岐はその扉も十拳剣でこじ開けた。誰も咎《とが》める者はいない。

(伊邪那美はどこにいるのだ)

伊邪那岐は御殿の中に足を踏み入れた。

目の前に薄暗い廊下が続く。伊邪那岐は廊下を進む。

左右の所々に戸が見える。だが、伊邪那美がいそうな気配はしない。

(伊邪那美がいれば俺には判るはずだ)

伊邪那岐はなおも廊下を進んだ。

長い長い廊下だった。廊下の先も見えぬ程の長さだ。やがて廊下の突き当たりに一段と大きな戸を見つけた。

戸の向こうから幽かな光と物音が聞こえる。

(伊邪那美はこの部屋にいるに違いない)

伊邪那岐は剣を抜き戸の隙間に差し込んだ。

戸が開いていく。伊邪那岐は剣を収めた。自分の手で戸に手をかける。

伊邪那岐は伊邪那美との約束を思い出した。


――けっしてわれの姿を見ないでください。


だが、ここまで来ては、もう引き返せない。

伊邪那岐は思い切って戸を開けた。

部屋の中を見る。中は真っ暗である。だが部屋の中央に伊邪那美が裸で仰向けに寝ているのが見えた。

伊邪那美の頭からとつぜん幾筋もの光が発せられた。

伊邪那岐はその光に驚かされてわずかに後退《あとず》さった。

光に伴って大きなごろごろという音が轟《とどろ》く。

伊邪那岐はその音に驚かされて生唾《なまつば》を呑《の》みこんだ。

(この光は)

伊邪那美の胸から幾筋もの太い光が飛び出してきた。

伊邪那岐はまた後退さる。

(伊邪那美。お前の躰はどうなっているのだ)

伊邪那美の腹が破れて真っ黒い光の柱が天上に向かって吹き上がった。

(ああ)

伊邪那岐の腰が思わず砕けそうになる。

凄《すさ》まじい爆発音がして天井に巨大な火の玉が現われる。その火の玉はぐるぐるとした音を発しながら回転していたが、やがて太い炎の剣となって寝ている伊邪那美に向かって突き進む。

太い炎の剣は伊邪那美の女陰《ほと》に突き刺さった。伊邪那美の躰がびくんと大きく震え、弓なりに硬直した。

伊邪那美の目から黒目が消え、白目が金色に変わり鈍い光を発し始める。

伊邪那美は獣のような唸り声を発した。

口からは涎《よだれ》が流れ落ちる。

伊邪那美は両の手に光の剣を握っている。その光の剣で、自分の陰部を何度も挿《さ》し貫いている。

髪は逆立ち、腰を激しく振り、唸り声はますます激しくなる。二本の足からは光が発せられている。

伊邪那岐は、伊邪那美の金色の眼を見た。その目が不意に伊邪那岐に向いた。

「よくも見たな」

伊邪那美が伊邪那岐に向かって言葉を発した。

「この恐ろしい躰をよくも見たな。決して見るなと言ったのに」

伊邪那美の口からは大量の涎が垂れ、眼は金色に鈍く光り、躰からは無数の光の束が突き出ている。

伊邪那美が無数の光の束を突き出しながら躰を起こす。

伊邪那岐は転がるように部屋を出て走り出した。

「逃げるな伊邪那岐」

伊邪那美の言葉が伊邪那岐を追いかけてくる。

伊邪那岐は必死に御殿から出ようと走っている。

「われに恥をかかせた伊邪那岐を生かしてはおけぬ。黄泉国の鬼どもよ。伊邪那岐を殺すのだ」

部屋の中から外から無数の鬼どもが現われた。

鬼どもは伊邪那岐の後を追いかける。

伊邪那岐は必死で逃げる。

黄泉国の鬼は疲れを知らず、一人の鬼が伊邪那岐に追いついてその伊邪那岐の頭を鷲掴《わしづか》みにした。

（助けてくれ。俺はここで死ぬわけにはいかぬ。葦原中国を子で満たさなくてはならぬのだ）

伊邪那岐の鬘《かずら》が鬼に捕まれて引き抜かれた。鬼はその拍子に転んだ。鬘が鬼の手から転がった。後から走り来た大勢の鬼の前で鬘は転がり続け、大きな岩にぶつかって止まると、その鬘から蔓《つた》が伸び、山葡萄《ぶどう》が生《な》った。

鬼どもは山葡萄を競うように食べ出した。その隙に伊邪那岐は鬼から逃げた。

山葡萄を食べ終えた鬼が伊邪那岐を再び追い始めると、伊邪那岐は御角髪に挿している櫛の歯を一本折り、投げ捨てた。するとその櫛の歯から筍《たけのこ》が生えて、追ってくる鬼たちを誘った。鬼どもが筍を食べている間に、またもや伊邪那岐は逃げ延びた。

その様子を映した光が伊邪那美の元に飛んできた。その光を見て伊邪那美は、伊邪那岐が鬼どもから逃げ延びていることを知った。

（伊邪那岐。逃がしはしない）

伊邪那美の躰から発せられている無数の光が、伊邪那岐を追う黄泉軍《よもついくさ》に姿を変えた。黄泉軍は千五百人にのぼった。

千五百人の軍勢が一斉に伊邪那岐を追い始めた。

もともと光だった黄泉軍は、すぐに伊邪那岐の姿を捕らえた。

伊邪那岐は十拳剣を抜いて応戦した。

黄泉軍をひとり斬《き》り、ふたり斬り、伊邪那岐は逃げ続けた。だが、いくら切り続けても、軍勢は後から湧出《わきで》ているかと思うほど果てしなく伊邪那岐を追い続ける。

（負けるものか。もうすぐ現世との架け橋、黄泉比良坂《よもつひらさか》に着く。それまではなんとしても生き延びるのだ）

伊邪那岐は走り続けた。

やがて崖《がけ》のように切り立った坂が見えてきた。

（あれが黄泉比良坂だ）

伊邪那岐はさらに脚を速めた。

崖の麓《ふもと》に辿《たど》り着くと、そこには沼があり、その畔《ほとり》に桃の木が生えていて、大きな丸い実がいくつもなっていた。

伊邪那岐はその桃の実を三つ取ると、追ってくる黄泉軍に投げつけた。すると黄泉軍たちは、桃の実の霊力に恐れをなしたのか、総《すべ》て逃げ帰ってしまった。

その様子を、伊邪那美は光の報告によってすべて見ていた。

（かくなる上は、われ自ら伊邪那岐を追うとしよう）

伊邪那美は扉に向かった。

躰からは無数の光が発せられている。その光に運ばれて、伊邪那美は黄泉比良坂を登ろうとしている伊邪那岐の元に追いついた。

伊邪那岐は櫛の歯を投げた。だが櫛の歯はただ地面に落ちただけで筍にはならなかった。

伊邪那岐は桃の実を投げた。だが伊邪那美は桃の実を拾おうとはしなかった。

伊邪那岐は黄泉比良坂の麓にあった大きな岩を持ち上げて伊邪那美に向かって投げつけた。

岩は伊邪那美に届かずに堕《お》ちた。

伊邪那岐と伊邪那美は、岩を挟んで向かい合った。

「愛しい伊邪那岐よ」

伊邪那美が伊邪那岐に話しかけた。

「あなたはわれとの約束を破り、われの恐ろしげな姿をご覧になりました」

「許してくれ。俺はどうしてもお前を一目見たかったのだ」

「約束とはこの岩よりも重いものです」

伊邪那美は、二人の間に落ちた岩を指した。

「その約束を破りわれに恥をかかせた罪は重い。その報いとして、あなたが帰る葦原中国に棲《す》む者を、一日千人、絞め殺してやります」

伊邪那美は首をぐるぐる廻《まわ》しながら言った。伊邪那美の眼は金色に光り、その喉《のど》からはごろごろという音が鳴りいでている。

「ならば愛しい人よ。俺は一日に千五百の産屋を建てよう」

そう言うと伊邪那岐は十拳剣を腰に紐《ひも》で結びつけ、黄泉比良坂を登り始めた。

「待ちなさい伊邪那岐」

伊邪那岐は伊邪那美を見下ろした。

伊邪那美は伊邪那岐に向かって桃を放《ほう》り投げた。

伊邪那岐は黄泉比良坂の途中で伊邪那美の投げた桃を摑んだ。

「われの最後の思いやりです。どうかその桃を食べて力をつけてください」

伊邪那岐は伊邪那美の言葉を噛《か》みしめるように聞いていたが、やがて頷くと桃を食べた。

伊邪那岐と伊邪那美は別れを交わした。

六、禊祓《みそぎはらへ》と三貴子

伊邪那岐《いざなき》は黄泉比良坂《よもつひらさか》を登りきった。

見渡すと辺りは草原である。見覚えのある風景だ。

（ここは）

着いたところは淤能碁呂《おのごろ》の草原である。

（はて。黄泉比良坂を登れば葦原中国《あしはらのなかつくに》に着くと思っていたが、一足飛びに高天原《たかまがはら》に浮かぶ淤能碁呂に着いてしまった）

黄泉比良坂という坂は、なんとも不思議な坂だと伊邪那岐は思った。

（それにしても恐ろしい目にあった）

伊邪那岐は自分の裸の躰《からだ》を見た。

泥や得体の知れぬ黒いねばねばした物が全身にまとわりついている。

「黄泉国《よみのくに》は恐ろしい汚い国だ。二度と行くものではない」

伊邪那岐は右手で、左腕についている黒い汚物を掬《すく》った。首に掛けた勾玉《まがたま》まで汚れている。

「躰を洗い清めなければ。禊《みそぎ》をするのだ」
伊邪那岐は川を求めて歩き出した。
(伊邪那美《いざなみ》と二人で葦原中国を造りあげていこうと思っていたのに)
伊邪那美は黄泉国で死を司《つかさど》る神になってしまった。
(こうなったら俺一人で葦原中国を造りあげるのだ)
……伊邪那岐は裸のまま草原を歩いた。
求める川はなかなか見つからない。
(それにしても気持ちが悪い)
伊邪那岐は躰の付着物を払いながら歩く。
どこからか水の匂《にお》いが漂ってくる。
(近くに川がある)
伊邪那岐は匂いのする方に足を向けた。
山々が見える。
(俺がいないうちに、淤能碁呂はまた少し増幅したようだ)
やがて水の流れる音が聞こえてくる。
(これで躰を清められる)
伊邪那岐は草原を走り出した。
山に近づくと水の音はさらに大きくなった。かなり激しい流れのようだ。

伊邪那岐はさらに走った。
前方に川が見えてきた。
山を駈《か》け登り、川の畔《ほとり》まで走ると伊邪那岐は足を止めた。
目の前に轟々《ごうごう》と激しい音を出しながら川が流れている。
(この川の流れは激しすぎる)
伊邪那岐は来た道を歩いて引き返した。
山道を真っ直ぐに降りて下流に向かう。
川下に向かうほど川は大きくなり、向こう岸も遥《はる》か遠くに見えるだけになる。
(ここは水の量はたっぷりとある。だが、流れが遅すぎる)
これでは汚れを効率よく洗い清めることはできない。
伊邪那岐は川の中瀬に戻った。
(ここならば丁度よい)
流れは急激でもなく、緩やかでもない。水の量も不足はない。
伊邪那岐は十拳剣《とつかのつるぎ》を川の畔に置くと、川に足を踏み入れた。
足首についた泥が瞬く間に洗い流される。
伊邪那岐はさらに深く足を踏み入れる。腰までの泥や付着物が洗い流されていく。
伊邪那岐は膝《ひざ》を曲げて躰を川の中に沈めた。
体中の付着物が流れ落ちていく。

（気持ちがよい）

長く川の中に潜ってじっとしていた後、伊邪那岐は躰を伸ばして顔を川の外に出した。躰は本来の皮膚の色を取り戻しつつある。

（もう少しだ）

伊邪那岐は躰にわずかに残った付着物を手で落としていく。

川の水は伊邪那岐の躰を浄化していく。だが、右の胸と左の胸に、どうしても落とせない汚れが残った。

（これはどうした事だ）

伊邪那岐は右手で強く、胸に残った黒いねばねばした汚れをこする。だが汚れはがんとして伊邪那岐の胸を離れようとしない。

（このままでは気持ちが悪い。何としてもこの汚れを落としてくれる）

伊邪那岐は躰を再び水の中に沈め、水流の力を借りながら汚れを強くこすった。すると最初に右の胸の汚れが、次に左の胸の汚れが川の中に流れ落ちていった。

（やったぞ）

伊邪那岐は立ち上がり、顔を川の上に出した。川の流れの中に、伊邪那岐の胸から離れた汚れが見える。その二つの汚れは、気のせいか伊邪那岐の胸に付着していたときよりも大きく見える。

（はて）

伊邪那岐はなおも流れる汚れを見つめる。すると汚れは水の中で大きくなっていくのが判《わか》った。

二つの汚れは水から跳ね上がった。

二つの黒い汚れは、人の形に変化していた。その目だけが伊邪那美《いざなみ》のように金色に光っている。

（これは）

伊邪那岐は川の畔に置いたままになっている十拳剣に目をやった。

二つの黒い人形《ひとがた》は、川の上の宙に浮かんで伊邪那岐を見ている。

「お前たちは何者だ」

伊邪那岐は声を張り上げた。

「俺は八十《やそ》禍《まが》津《つ》日《ひ》神《の》」

「わらわは大禍《おおまが》津《つ》日《ひ》神《の》」

「われらはこれから葦原中国に向かう」

二つの黒い人形はそう答えると、飛び去っていった。

「あの二つの神は黄泉国の汚らわしい黒いねばねばした付着物から生まれたのだ。葦原中国に災いをまき散らすに違いない」

伊邪那岐は嘆息した。

「あの邪悪な二神を直す神が生まれるとよいのだが」

だが、伊邪那岐ひとりでは子は産めぬ。

伊邪那岐は川から上がった。

草原に寝ころび、躰が乾くのを待つ。

空を見上げる。空は暗くなり、また明るくなる。

(何かが足りぬ)

また空が暗くなり、明るくなる。

(俺と伊邪那美は多くの神々を生んだ。葦原中国にだんだんと子が満ちてきた。だが、この世はまだ乱れている。秩序がいる)

左の目に痛みを感じた。

伊邪那岐は躰を起こす。どうしたことか左の目が膨らんでくる。

伊邪那岐は再び川に入り、左の目を洗いだした。すると、左の目はどんどんと膨らみ、その目から何かが飛び出した。その時、幽《かす》かな桃の匂いがした。

伊邪那岐は目を開けた。

川の上から光が発せられている。その中心に、白い服をまとった、長い髪の女がいた。

「俺はお前を生んだ伊邪那岐だが、お前は誰だ」

伊邪那岐は叫ぶように問うた。

「アマテラスです」

光が弱まり、アマテラスの姿がよく見えるようになった。

その女の顔はよく整い、伊邪那岐を慈《いつく》しむような笑みを湛《たた》えていた。

（この女こそ、この世に秩序をもたらす者だ）

アマテラスを見て伊邪那岐はそう思った。

「アマテラスよ。お前にこの宝物を総《すべ》て与えよう」

そういうと伊邪那岐は、首に掛けていた勾玉を外し、川の畔に置いていた十拳剣を手に取る。そして伊邪那美から受け継いだ鏡をアマテラスに掲げた。

「その代わりお前は、この高天原の光を治めるが良い」

「判りました」

アマテラスは答えた。その声を聞くと伊邪那岐は久方ぶりに安らぎを覚えた。

「高天原には光と闇《やみ》が混在している。そのせいで淤能碁呂も葦原中国も荒れているのだ。それをお前が秩序立てよ」

伊邪那岐の言葉に頷《うなず》くと、アマテラスは十拳剣と、勾玉と、鏡を受け取った。

伊邪那岐は右目に痛みを覚えた。今度は右目が膨らみ出す。

伊邪那岐は堪《たま》らずにまた川に身を浸した。右目を川の流れで洗う。

右目からまた何かが飛び出した。やはり桃の匂いがする。

頭を振って水を切り、目を開ける。

川の流れの中に、一人の男が立っていた。

その男の顔はアマテラスよりも美しく、その目はアマテラスの目よりも大きかった。だがその眼差《まなざ》しには、アマテラスのような暖かい光は宿っていなかった。

「お前は誰だ」

「ツクヨミです」

この男にもアマテラスに負けない力が宿っている。伊邪那岐はツクヨミの、強く暗い目を見てそう思った。

「お前はこの世の闇を治めるが良い」

「判りました」

ツクヨミは頷いた。

「やってくれるな」

「お任せください」

「これで、嵐《あらし》が荒れ狂い光と闇が乱れるこの高天原も穏やかになる。秩序が訪れるのだ」

広い高天原の中で、淤能碁呂と葦原中国の周りにだけ大気があり、風が吹くのだ。

アマテラスとツクヨミは見つめ合い、笑みを交わした。アマテラスは慈悲深い笑みを、ツクヨミは自信に溢《あふ》れた笑みを。

空から闇が消え、光が辺りを支配した。

「アマテラス。さっそく高天原を光で満たしたか」

「はい。一日の終わりには光を収め、われは休みます。光が収まり闇が訪れたならば、ツクヨミがわれの代わりに高天原を治めてくれるでしょう」

ツクヨミが頷く。

高天原と淤能碁呂はこの二人の神に任せておけば心も安らぐ。そう思ったとき、気が緩んだのか、伊邪那岐は鼻がむず痒《がゆ》くなった。

「伊邪那岐様は心おきなく葦原中国を子で満たされますよう」

アマテラスがそう言ったとき、伊邪那岐は大きなくしゃみをした。そのくしゃみがあまりにも大きかったせいで、アマテラスもツクヨミも後ろに吹き飛ばされた。伊邪那岐は自分のくしゃみの勢いで川に手をついた。

伊邪那岐は顔を上げた。

アマテラスとツクヨミも起きあがり顔を上げる。

伊邪那岐とアマテラス、ツクヨミの間に、一人の男が立っていた。

どうやら伊邪那岐がくしゃみをした拍子に生まれたらしい。

毛むくじゃらのその男は、丸太のような太い腕を白い服から出し、ヤツデのような大きな手でがつがつと桃を食べていた。

アマテラスもツクヨミも、その男の荒々しい振る舞いに眉《まゆ》をひそめた。

「お前は誰だ」

伊邪那岐が桃を食べている男に問う。

「おれはスサノヲだ」

スサノヲは桃を囓《かじ》るのをやめて伊邪那岐を睨《にら》んだ。その目には凶暴な光が宿っていた。だが、その目の形はどこか見覚えがあった。

「なぜ桃を囓っている」

「これはおれの母親からもらったのだ」

「母親だと」

「そうだ」

「お前は俺から生まれたのだ。母親などいない」

「男に子が産めるか」

スサノヲは桃を丸ごと囓り終えて、滓《かす》を口から吹き飛ばした。

「しかし現にこのアマテラスとツクヨミは俺の目から生まれたのだ。お前も俺のくしゃみから生まれた」

「それはお前の躰の中に、桃が入っていたせいだ」

「桃だと」

「そうだ」

そういえばアマテラスが生まれたときも、ツクヨミが生まれたときも、幽かに桃の匂いがした。

「どういう事だ」

「胸に手を当ててよく考えてみろ」

伊邪那岐はスサノヲに言われるまま自分の心の中を探ってみる。

「どうだ。判ったか」

「そうか。あの時」

伊邪那岐は思い出した。

「思い出したのなら教えてください。われらの母親の名を」

アマテラスが伊邪那岐に言う。

「お前たち三人の神の母親の名は伊邪那美という」

「伊邪那美……」

アマテラスはその言葉を慈しむように口の中で呟《つぶや》いた。

「そうだ。俺の妻だった女だ」

「そのお方は今どこに」

「黄泉国だ」

「黄泉国……」

「死んだのだ。そしてそのまま死を司る神となった。俺は淤能碁呂に戻って生を司る神となった」

「われらは伊邪那美様の子どもなのですね」

「そうだ。俺が黄泉比良坂を登って葦原中国に帰ろうとしたときに、伊邪那美は俺に桃を投げ渡した。俺はその桃を喰《く》った。思えばあの桃が、お前たちの分身だったのだ」

伊邪那岐はようやく男である自分の躰から子どもたちが生まれたからくりを理解した。

「おれは何をすればいい」

スサノヲが吠えるように言った。伊邪那美の桃の企《たくら》みに思いを馳《は》せていた伊邪那岐は、スサノヲの燃えるような目に気がついた。

「姉者アマテラスは光を支配する。兄者ツクヨミは闇を支配する。おれは何を支配したらよいのだ」

スサノヲが挑むように伊邪那岐に詰め寄った。

「うむ。お前は淤能碁呂を支配しろ」

「淤能碁呂か」

「そうだ。高天原と葦原中国の両方を支配するには淤能碁呂に棲《す》むのが一番だ。またそこは神々の棲むところでもある。その神々をスサノヲ、お前が束ねるのだ」

「よかろう。おもしろい」

スサノヲは食べ終えた桃の滓を投げ捨てた。

七、須佐之男《スサノヲ》の神やらひ

淤能碁呂《おのごろ》にも神々が増えた。

淤能碁呂は増殖を続けた。

淤能碁呂は宙に浮かびながら、葦原中国《あしはらのなかつくに》のような大地を創りあげた。

淤能碁呂にも山のような大地の盛り上がりができ、また淤能碁呂で増え続けた神々はそれぞれの家を建てた。

アマテラスは淤能碁呂の最も奥深い、山の上の岩の中に鎮座した。

ツクヨミは地に潜った。

淤能碁呂に朝と夜が生まれた。

アマテラスが光を支配し、ツクヨミが闇を支配したお陰で、淤能碁呂の神々、また葦原中国に棲《す》む神々の子たちは一日というものを知った。

だが、嵐《あらしや》は止まなかった。

淤能碁呂には今も暴風雨が吹き荒れている。

淤能碁呂に棲む下位の神々も衣服を着るようになった。淤能碁呂に棲む一人の機織《はたお》りの神が神々の衣服を織り始めたのだ。

機織りの女神は、淤能碁呂に吹き荒れる暴風雨を忌々《いまいま》しく思っていた。機を織ろうにも布が風に吹かれて思うように織れないのだ。

（この暴風雨を止めなければこれ以上、布を織ることはできぬ）

機織りの女神は機を織る手を止め、風上に向かって歩き出した。

（暴風雨の源を突き止めよう）

機織りの女神は何度も風に吹き戻されそうになりながらも風上に向かって歩を進めた。

（光をアマテラス様が支配し、闇《やみ》をツクヨミ様が支配し、この淤能碁呂はスサノヲ様が支配している。このように世界が荒れるはずがない。いったいなぜ世界は荒れているのか）

機織りの女神はその訳を知りたくて風に逆らって歩き続ける。

どこかで叫ぶような声がする。

（これは泣き声だ）

激しい激しい泣き声。

（いったい誰が泣いているのだろう）

これほどの大きな声を出せるのは伊邪那岐《いざなき》様だろうか。伊邪那岐様が、亡き伊邪那美《いざなみ》様を思って泣いているのだ。

草原を歩いているうちに、あまりの泣き声の激しさに、草が萎《しお》れてきた。

風は山の上から吹いている。

山に向かって進むうちに、辺りの草はすっかり枯れてしまった。

（早くしないと）

機織りの女神は山道を登り始める。山道の両端の木々も今は枯れ始めている。

山の上から流れていた川も干上がった。

奥深く歩を進めると、辺りが薄暗くなる。

泣き声はますます大きくなる。

不意に泣き声が止んだ。

機織りの女神は岩陰に身を隠した。

（気づかれたのだわ）

機織りの女神は岩陰からそっと泣き声が聞こえていた辺りを盗み見た。

顔中髭《ひげ》だらけの男が褥《しとね》に横たわってしくしくと泣いていた。その目は涙のためか真っ赤になっている。

（あれは誰だろう）

その顎髭《あごひげ》は伸び放題に伸びて、胸元にまで届いている。

口の周りも髭で覆われている。だが、どこかに見覚えがある。

（あれは）

機織りの女神は男の正体に気づいた。

（でも、どうして）

男はまた大きな声で泣き出した。

（あの人に知らせなければ）

機織りの女神は泣きわめく男に気づかれぬようにそっときびすを返した。

＊

淤能碁呂に、悪神の騒ぐ声が満ち、禍《わざわい》が至る所で起きていた。

（なぜだ）

伊邪那岐は不思議でならなかった。アマテラスが光を支配し、ツクヨミが闇を支配し、スサノヲがこの淤能碁呂を統治しているのだ。禍など決して起こらぬ筈《はず》だ。

伊邪那岐は、草原に立ち、悪霊たちが飛び交う空を眺めて考えていた。

「もし」

女の声がする。

振り向くと機織りの女神が跪《ひざまず》いている。

「お前は機織りの神」

「はい」

「お前のお陰でこの淤能碁呂の神々もみな衣服を身につけるようになった。礼を言うぞ」

「畏《おそ》れ多ございます」

「今日は何用だ」

「はい。この荒れ狂う暴風雨のことでお伺いいたしました」

「うむ。せっかくアマテラス、ツクヨミ、スサノヲという尊い三神が生まれたのに、これでは以前と大して変わらぬ」

「わたくしも機が織れずに困っております る」

「何とかしたいものだが、なぜ淤能碁呂がこのように荒れているのか、訳が判《わか》らぬのだ」

「恐れながら、わたくしはその訳を存じております」

「なんだと」

伊邪那岐は思わず声を大きくした。

「申してみよ。その訳とは」

「はい」

機織りの女神は声を落とした。

「この淤能碁呂を統治するはずのスサノヲ様が、お役目を果たしておりませぬ」

「なに」

伊邪那岐は驚いた。

「スサノヲが役目を果たしておらぬと言うのか」

「仰せの通りでございます」

「信じられぬ。それは真《まこと》のことか」

「嘘偽《うそいつわ》りはございませぬ。スサノヲ様はお役目を果たさずに、毎日泣き暮らしておいでです」

「なんだと。泣き暮らしておると」

「左様でございます。そのためにこの淤能碁呂に毎日嵐が吹き荒れているのでございます」

「知らなかった。だがなぜスサノヲは泣いているのだ」

「さあそれは」

「判らぬのか」

「はい。ただ」

「ただ、何だ」

「スサノヲ様は何をする気力もなく、髭も剃《そ》らず伸び放題。毎日、褥に寝ながら泣いているばかり」

伊邪那岐の胸に怒りがこみあげた。これではスサノヲに淤能碁呂を任せておくことはできぬ。

「伊邪那岐様。お願いでございます。スサノヲ様を成敗《せいばい》してくださいまし。このままでは安心して機も織れませぬ」

「判った」

伊邪那岐は大きな声で答えた。

「スサノヲは殺す」

「ありがとうございます」

機織りの女神が伊邪那岐にひれ伏した。

「ただ、スサノヲ様はいったん暴れ出すと手がつけられませぬ。なまなかの兵士では太刀《たち》打《う》ちできぬでしょう」

機織りの女神は手をついたまま顔を上げた。

「しかし今のスサノヲは毎日泣いてばかりいる腑抜《ふぬ》けになり果てておるのではないか」

「その涙でさえこのような嵐を巻き起こしているのです」

機織りの女神は伊邪那岐ににじり寄った。

「判った。それではこの淤能碁呂の軍《いくさ》の中の最強の者どもを千五百人差し向けよう」

「それならば安心でございます」

機織りの女神は再び頭を下げた。

(スサノヲか。とんだ見込みちがいだった)

伊邪那岐は軍を集めるとその先頭に立った。

機織りの女神に教えられた道を行くと、たしかに大きな泣き声が聞こえる。

伊邪那岐はなおも泣き声のする方に向かって歩を進める。

やがてスサノヲが褥に横たわり泣いているのが見えた。

「おいスサノヲ」

伊邪那岐はスサノヲを怒鳴りつけた。

スサノヲは泣きやみ顔を上げる。

「お前はよくも俺の言いつけを破り、淤能碁呂の統治を放棄したな」

スサノヲは答えずに、髭に覆われた顔を伊邪那岐に向けた。

「お前がその様に泣いてばかりだとはとんだ見込みちがいだった。いったいどうしてお前はその様に泣いているのだ」

伊邪那岐はスサノヲを見つめた。

「答えろ」

スサノヲは真っ赤な目で伊邪那岐を睨《にら》みつけながら答えた。

「母に会いたいのだ」

「母にだと」

スサノヲは頷《うなず》いた。

「お前の母は伊邪那美だ」

「そうだ」

「伊邪那美は死んだのだ」

「知っている。それでも会いたいのだ」

「乱暴者のお前が母に会いたいだと」

「会いたい。オレは生まれてから一度も母の顔を見たことがないのだ」

スサノヲはまた泣いた。暴風が湧《わ》き起こり、伊邪那岐の躰《からだ》を吹き飛ばそうとする。

「スサノヲ。お前の母は死んだ。母を思うお前の気持ちは判ったが、いい加減にあきらめろ。あきらめてこの淤能碁呂を統治しろ」

「いやだ。母に会うまではオレは淤能碁呂を統治しない」

「ならば仕方がない」

伊邪那岐は連れてきた兵士のうち、ワヅラヒノカミにスサノヲを討つように命じた。

ワヅラヒノカミは剣を手にして、褥に横になっているスサノヲに斬《き》りつけた。スサノヲは泣きながらその剣を摑《つか》むと、ワヅラヒノカミをたぐり寄せ、その躰を二つに折った。ワヅラヒノカミは息絶えた。

「なんということだ」

伊邪那岐はスサノヲの力に驚いた。

「父上。あなたはオレを殺そうというのか」

「お前のような乱暴者は子どもではない」

伊邪那岐は今度はワタツミノカミに命じた。ワタツミノカミはワヅラヒノカミよりも強く素早くスサノヲに斬りかかった。その剣はスサノヲの顔をめがけて伸びていった。スサノヲの髭が切り落とされた。

スサノヲは剣を取って立ち上がった。

「覚悟しろ、スサノヲ」

ワタツミノカミが叫んだ。

「お前などオレの敵ではない」

スサノヲの言葉に伊邪那岐は心配になった。

「トキハカシノカミ。お前も行け」

伊邪那岐はトキハカシノカミにも命じた。

「フナトノカミ、お前もだ」

フナトノカミは前方へ進み出た。

三人の神は協力してスサノヲに斬りかかった。だがスサノヲは三人の剣を次々に叩《たた》き折ってしまった。

「ええい、面倒だ。千五百人で一斉に斬りかかれ」

伊邪那岐が怒鳴った。

千五百人ばかりの兵士が一斉にスサノヲに襲いかかった。

スサノヲは逃げ出した。

「追え、追うのだ」

伊邪那岐が叫んだ。千五百人の兵士は凄《すさ》まじい地響きをたてながらスサノヲの後を追った。

「これでスサノヲも生きてはいられまい」

伊邪那岐はスサノヲを追う千五百人の兵士を眺めながら伊邪那美の顔を思い出した。

優しかった伊邪那美。だが、黄泉国《よみのくに》で見た伊邪那美は恐ろしかった。スサノヲも、伊邪那美の血を引いているのだ。

＊

伊邪那岐の棲む御殿に、ワタツミノカミが戻って来た。

「ご苦労だった」

伊邪那岐はワタツミノカミをねぎらった。

「聞かせてくれ。スサノヲはどのような死に様だったのだ」

「それが」

「どうした」

ワタツミノカミは口淀《よど》んだ。

「どうしたのだ」

「お許しください」

ワタツミノカミは頭を下げた。

「スサノヲ様を、見失いました」

「なんだと」

伊邪那岐は目を見開いた。

「見失っただと」

「申し訳ございません」

「しかし、お前たちは千五百人もの人数でスサノヲを追っていたではないか」

「ですが、最初にスサノヲ様を追った五百人ばかりの兵士はみなスサノヲ様に斬り殺されました」

「なに。五百人もの兵士がたった一人の男に殺されただと」

「その通りです」

「信じられぬ」

「スサノヲ様は並みのお方ではございませぬ」

「しかし五百人が殺されたとはいえ、あと千人が残っているではないか。五百人もの兵士を斬り殺せば、スサノヲにも疲れが溜《た》まるはず」

「たしかに斬っても斬っても湧出る兵士の数にスサノヲ様も閉口した様子。しかし、スサノヲ様の足の速さに追いつくことができる者はおりませぬ」

「それで見失ったというのか」

「はい」

スサノヲの抵抗は想像以上だった。

「探し出せ。なんとしてもスサノヲを探し出すのだ」

「探しております。千人の兵士で手分けしてスサノヲ様を探しております。しかし、この淤能碁呂はあまりにも広いのです。スサノヲ様がどこにいるのか、一向に判らないのです」

「お前たちはいったいどこを捜しているのだ」

「どこもかしこも。スサノヲ様がお隠れになりそうな、岩の陰、洞穴の中、草の陰、廃屋。果ては神々の棲家《すみか》の一軒一軒まで」

「それでも見つからないのか」

「はい」

伊邪那岐は考え込んだ。

「スサノヲ様はいったい、どこにいるのでしょう」

ワタツミノカミは今にも涙を流さんばかりに嘆息した。

「思いもよらぬ場所にいるのかもしれぬな」

「思いもよらぬ場所とは」

「もうよい。俺はスサノヲを見くびっていたのかも知れぬ。下手をするとこの俺の命がない」

伊邪那岐はワタツミノカミに背を向けた。

＊

アマテラスの御殿には誰も近づくことはできなかった。

御殿には一万人の女官がいてアマテラスの世話をしていたが、そのほかの者はいっさい御殿には近づかぬ決まりだった。伊邪那岐でさえアマテラスの御殿に入ったことはない。

　御殿の前の広場には、御殿を守るように大きな木が一本そびえ立っている。その木は全体を苔《こけ》や蔦《つた》で覆われ、木肌が見えない。上方に太く長い枝が左右に二本伸びている。

　アマテラスは昼間は陽《ひ》の光を支配していたが、夜になると天《あめ》の石屋戸《いわやど》と呼ばれる部屋に入って眠りに就いた。

　天の石屋戸は五千人の女官が武装をして守っていた。

　天の石屋戸は固く大きく重い岩でできていて、その扉はいったん閉まると、外からは絶対に開けることはできなかった。アマテラスが中から霊力のある布で封をするのである。その封を解くことができるのもまたアマテラスだけだった。

　アマテラスはアメノウズメと共に庭に出た。

　御殿の周りの木々がざわめいている。

　アマテラスはアメノウズメの手を握った。

「この木々のざわめきはどうしたことでしょう」

　アマテラスはアメノウズメの目を見つめた。

「これは何か良くないことが近づいている徴《しるし》です」

　アメノウズメはアマテラスの目を見つめながら答えた。

　アメノウズメはアマテラスに負けぬ美貌《びぼう》の持ち主だった。だがアメノウズメの顔には、アマテラスのような慈悲の笑みはない。あるのは冷めた笑みだった。

アメノウズメの胸も、アマテラスの胸に劣らずはち切れそうなほど豊かだった。だがその躰はアマテラスのようにやすらぎを与えるのではなく、心を乱さずにはおかぬ妖《あや》しさを発散させていた。

「あの音を聞きなさい」

アマテラスが言った。

「あれは川の水が跳ねる音ですね」

アメノウズメが答える。

「何が起きるのです」

「恐ろしい禍《わざわい》が近づいてきます」

「禍が……」

「わたしは怖い」

アマテラスはアメノウズメの胸に顔を埋《うず》めた。アメノウズメはアマテラスの躰をそっと抱いた。

アマテラスは顔を上げてアメノウズメを見つめる。その目は恐怖で震えていた。アメノウズメは険しい目でアマテラスを見つめ返した。

アマテラスは目を瞑《つむ》った。

アメノウズメがアマテラスのくちびるに自分のくちびるを重ねる。

アマテラスはむさぼるようにアメノウズメの口を吸った。

大地が揺れた。

二人は口を離し、お互いの顔を見つめた。

大地の揺れが激しくなった。

女官の一人が二人の許《もと》に駈《か》けてきた。

「何ごとだ」

アメノウズメがアマテラスの代わりに駈けてきた女官に尋ねる。

「スサノヲ様が」

アメノウズメの目つきが鋭さを増した。

「スサノヲ様がこの御殿に向かって来ます」

「なに」

アメノウズメとアマテラスは顔を見合わせた。

「どういうことでしょう、アメノウズメ」

「スサノヲ様は、この御殿を奪い取るおつもりです」

「なんですって」

「木々がざわめき川が跳ね、大地が揺れるのがその証《あかし》。先ほどからの禍々《まがまが》しい予感もその事を暗示していたのです」

アメノウズメの顔はさらに険しくなった。

「どうしたら良いのでしょう」

「勾玉《まがたま》で身をお守りください」

「勾玉で」

「はい」

　アメノウズメはアマテラスの頭に手を伸ばし、その長い黒髪を御角髪《みみずら》に束ねた。そして勾玉を貫き通した長い玉の緒を巻きつけた。

「弓を持つ者を千人配備させよ」

　アメノウズメは女官に命じた。

「はい」

　女官は走り去った。

「さあ、アマテラス様。御殿の中へ」

「わかりました」

　アマテラスとアメノウズメが御殿に入るのと入れ違いに、背に矢を負い、手に弓を持った千人の女官たちが御殿から庭に出ていった。

　アマテラスは御殿の中の部屋でアメノウズメに抱かれながら震えていた。

「アメノウズメ。恐ろしい予感がします」

「案じることはありません。弓を持つ者たちは鍛練を積んだ者ばかり」

「しかしスサノヲは稀代の暴れ者」

　案じるなと言ったアメノウズメの顔にも不安の影が差している。

御殿の扉が開いて一人の女官が駆け込んできた。女官が御殿の中に入ると扉は再び閉まる。

「どうした」

「五百人の女官が殺されました」

「なに」

アマテラスがアメノウズメにしがみついた。

「千人の者が弓を引いた筈《はず》ではないか」

「はい。しかしスサノヲ様はことごとくその矢を刀で打ち払いました」

アマテラスの震えはアメノウズメの腕の中でさらに激しくなった。

「恐ろしい。いったいわらわはどうしたらよいのです」

アメノウズメはしばし思案した。

「ではこうしましょう」

「どうするのです」

アメノウズメが答えようとしたとき、扉が開いた。

血に染まった刀を手にしたスサノヲが立っている。

「姉者」

「スサノヲ」

長い髭はワタツミノカミに切られたが、それでもまだスサノヲの顔は髭で覆われていた。

血に染まった袖から突き出た太い腕も毛で覆われている。

「この御殿は男子禁制。伊邪那岐様でさえ足を踏み入れたことはないのです」

アメノウズメがスサノヲに向かって声を張り上げた。

「知ったことか」

スサノヲがアマテラスに向かって一歩、足を踏みだした。

「スサノヲ。あなたは何が望みなのです」

「オレは母に会いたかっただけなのだ。だが父伊邪那岐はオレの気持ちを判らずにオレをこの淤能碁呂から追放しようとした」

「スサノヲ様。あなた様はこの淤能碁呂を統治するというご自分の役目を放棄しています。ならばこの淤能碁呂を去るのも道理」

「黙れ」

スサノヲが吠えた。アマテラスに近づく。

「何をする気です」

アメノウズメがアマテラスを庇《かば》うように声を張り上げる。

「姉者と交合《まぐわ》おうというのだ」

「なんですって」

アマテラスは顔を強ばらせた。

「今なんと」

「何度でも言ってやる。オレは姉者と交合うのだ」

「なんと恐ろしいことを」

「オレは親に捨てられた身。何をしようがかまうものか」

「アメノウズメ」

アマテラスはすがるようにアメノウズメを見つめた。

「あのお方を呼んできます」

「あのお方とは」

「アマテラス様。それまでなんとか持ちこたえてください」

そう言うとアメノウズメは御殿の裏へ向かって走っていった。

八、二神の誓約《うけひ》生み

スサノヲはアマテラスに近づいた。アマテラスは逃げようとするが足が動かない。

「無駄だ。オレから逃れることはできない」

スサノヲの前でアマテラスは震えていた。

スサノヲがアマテラスの腕を掴《つか》んだ。

「ああ、スサノヲ」

「姉者。天《あめ》の石屋戸《いわやど》に連れていってもらおう」

「それは、なりませぬ」

「交合《まぐわ》いの場所は寝所と決まっているではないか」

「スサノヲ。わらわとあなたは姉と弟です」

「それがどうした」

スサノヲはアマテラスを抱き寄せた。

「ああ」

「姉者。オレは姉者が愛《いと》しい」

スサノヲはアマテラスの口を吸った。アマテラスは抗《あらが》おうとするが、スサノヲの凄《すさ》まじい力に抗うことができない。

スサノヲは口を離すとアマテラスを抱きかかえた。天の石屋戸に向かって歩き出す。

その周りを大勢の女官たちがおろおろしながら取り囲んでいる。

弓を構えている者もいるが、矢を放つことをためらっている。アマテラスに刺さるかもしれないし、狙《ねら》い違《たが》わずスサノヲに向かったとしても打ち払われることは目に見えていた。

女官たちが見守る中、スサノヲは天の石屋戸に辿《たど》り着いた。

スサノヲはアマテラスを下ろした。

「さあ、戸を開けるのだ」

アマテラスは震えている。

「どうした」

「できませぬ」

アメノウズメが助けを連れてくるまで、なんとしても持ちこたえるのだ。

「思いを遂げられないのなら、オレはまたひと暴れする」

アマテラスは驚いてスサノヲの顔を見た。

「オレはもうこの御殿の女官を五百人も殺した。姉者がオレを受け入れてくれぬのなら、千人でも二千人でも殺し続けるまでだ」

「そのような恐ろしいこと」

「オレは本気だ」

スサノヲはアマテラスの腕を掴んだ。

「オレは父伊邪那岐《いざなき》から捨てられた。今度は姉者にまで捨てられるのか」

「そのようなことはありませぬ」

「ならばその戸を開けてもらおう」

アマテラスはスサノヲの肩越しに庭の様子を窺《うかが》った。だが、アメノウズメの姿は見当たらない。

「どうした。戸を開けるか。それともオレにひと暴れして欲しいのか」

「判《わか》りました」

アマテラスは髪に巻きついた勾玉《まがたま》を握りしめた。いざというときにはこの勾玉が守ってくれる。

「戸を開けましょう」

アマテラスがそう言うと、スサノヲはアマテラスの腕を放した。

アマテラスが戸に向かい、右手を高く挙げた。

固く大きな岩でできた戸が、ごろごろと音をたてる。

スサノヲとアマテラスが見守る中、天の石屋戸がゆっくりと動き出した。

戸は右手の方にずれて岩屋戸の中が覗《のぞ》けるようになった。

「よし、入ろう」

少しの透き間が空くとスサノヲはその隙間にアマテラスを押し込んだ。

「待て」

アマテラスを引き留める声がする。アマテラスとスサノヲが振り向くと、長く美しい髪と長い剣を持った一人の若い神が立っている。

「ツクヨミ」

アマテラスは思わず声をあげる。

ツクヨミの後ろにはアメノウズメの姿が見える。

「何をしに来た、兄者」

「それはこちらの言うことだ。スサノヲ。お前はいったい何をしようというのだ」

「オレは姉者と交合うのだ」

「血迷ったか」

「本気だ」

「お前は私と姉上の弟ではないか」

「だが姉者を愛しいと思う気持ちに偽《いつわ》りはない」

「今すぐこの御殿から立ち去れ」

「断わる」

「ならば仕方がない」

ツクヨミは長い剣を振りかざした。

「お前を斬らねばならぬ」

ツクヨミは両手で剣を持ち、切っ先をスサノヲに向けた。スサノヲは笑った。

「スサノヲ。ツクヨミを見くびってはなりませぬ」

アマテラスが背後で声をかける。

「戦ったらあなたは命を落とします。もしあなたが死んだらこのアマテラスは哀《かな》しい。ここはツクヨミのいうことを聞いてこの御殿を立ち去ってたもれ」

「下がっていろ」

スサノヲはアマテラスを天の石屋戸の奥へと押し込んだ。

「あれ」

アマテラスが石屋戸の中に倒れるとスサノヲは腰の剣を抜いた。

「兄者こそこの御殿から引き返すがよい」

スサノヲは片手で剣を持ち切っ先をツクヨミに向ける。その腕は岩のように逞《たくま》しい。天の石屋戸を取り囲む女官たちが、息をひそめてスサノヲとツクヨミを見つめている。

ツクヨミが一歩足を踏みだした。その長い剣先は素早くスサノヲの脳天に振り下ろされる。スサノヲはすでにツクヨミの懐に潜り込んでいた。縮めた腕を思い切り伸ばしてツクヨミを御殿の外に突き飛ばす。

ツクヨミは飛ばされながら剣を地面に突き立て踏みとどまった。

スサノヲはツクヨミが踏みとどまった地点まで体を移動させていた。スサノヲがその太い腕でツクヨミの顔を殴る。

ツクヨミは飛ばされた。

地面に倒れ、気を失った。

周りの女官たちが一斉に声をあげた。

（ツクヨミ様は敗れたのだ）

女官たちは絶望の溜息《ためいき》を漏らした。

スサノヲが気を失っているツクヨミの喉《のど》に剣を刺した。

「あ」

気を失ったツクヨミが躰を震わせる。

「酷《むご》いことを」

女官たちが誰ともなく声を漏らす。スサノヲ様はすでに勝ち負けのはっきりした戦いであるにもかかわらず、兄であるツクヨミ様にとどめを刺して、その命を奪った。

スサノヲは、ツクヨミが地面にたてた長剣の横を天の石屋戸に向かって走り抜けた。

天の石屋戸の戸に着くと、外へ出ようとしていたアマテラスをふたたび押し込めた。

「石屋戸を閉じろ」

スサノヲの吠えるような声がする。

「あなたは、ツクヨミを」

「オレの邪魔をするものはたとえ兄者といえども容赦はせぬ」

アマテラスとスサノヲのやりとりが聞こえる。

女官たちはそのやりとりに耳を澄ました。もし石屋戸が閉まれば、アマテラス様はその中でスサノヲ様と交合うことになる。

しばらくすると、女官たちの見守る中、天の石屋戸がゆっくりと閉じていった。

＊

天の石屋戸の中は瞑《くら》かったが、アマテラス自身が発する光により、褥《しとね》の周りはぼんやりとした明るさがあった。

「さあ姉者」

スサノヲがアマテラスの衣服に手をかけた。アマテラスはその手を振り払おうとする。

だがスサノヲの力は強く、振り払うことができない。

「姉者。おとなしく従《したが》ってくれ。さもないとオレはこの淤能碁呂で暴れまくるぞ」

スサノヲは射抜くような目でアマテラスを睨《にら》みつけた。

アマテラスはスサノヲの腕を掴んでいた手の力を緩めた。

「判りました」

アマテラスはスサノヲを見つめた。

「あなたのいう通りにしましょう」

アマテラスは震えながら言った。

みます」

「仕方ありません。実の兄を殺すほどの男。あなたが淤能碁呂で暴れたら多くの者が苦しみます」

スサノヲはアマテラスの白い衣服を脱がそうとする。

「手を離してください。自分で脱ぎます」

スサノヲは手を離した。

アマテラスは背中を向け、白い衣服をはらりと落とした。

スサノヲの目の前にアマテラスの裸身が現われた。

スサノヲは自分の衣服を乱暴に脱ぎ捨てた。全裸になるとアマテラスの肩に手をかけ、自分と向き合わせる。

「姉者。判ってくれ。オレは心底姉者が愛しいのだ。だから交合いたいのだ」

そういうとスサノヲはアマテラスの口を吸った。アマテラスもうスサノヲに抗おうとはしない。黙ってスサノヲの舌を受け入れる。

アマテラスは眉《まゆ》を歪《ゆが》めて目を閉じている。

「さあ」

口を離すとスサノヲはアマテラスを促した。アマテラスは褥に横たわる。横たわりながらスサノヲを見つめる。

スサノヲがアマテラスに覆いかぶさる。

アマテラスが目を閉じる。

（勾玉よ。わらわを守りたまえ）

スサノヲのヤッデのような手がアマテラスの両の乳房を鷲摑《わしづか》みにした。

「ああ」

アマテラスが声を洩《も》らす。

スサノヲはしばらくアマテラスの乳房を揺さぶるように揉《も》みしだいていたが、やがて手を離し、口に含んだ。

またアマテラスは声を洩らした。

スサノヲはアマテラスの両の乳首を交互に吸う。

スサノヲの手はアマテラスの躰《からだ》をまさぐる。

アマテラスの息づかいがだんだんと荒くなる。

スサノヲが不意に躰の動きを止める。

「どうしたのです」

スサノヲの躰の下でアマテラスが声をかける。

「おかしい」

スサノヲが呻《うめ》くように言う。

「オレの突起物が固くならないのだ」

アマテラスは頭に巻きつけた勾玉の効用を思った。

「なぜだ」

スサノヲは射抜くような目でアマテラスを見つめる。

アマテラスはスサノヲの視線に耐えきれずに首を曲げて視線を逸《そ》らした。

スサノヲはアマテラスの顔や躰を舐《な》めるように見回した。

「どこかに秘密があるはずだ」

スサノヲは手でアマテラスの躰をまさぐり、秘密を探ろうとする。

乳房から腰、太股《ふともも》、脚とスサノヲの手がアマテラスをまさぐる。

「おかしい」

アマテラスはスサノヲの探索を息を殺して耐えている。

スサノヲはアマテラスの秘所に指を挿《さ》し入れた。アマテラスは躰を固くした。

「どこにもおかしな処《ところ》はないな」

スサノヲはさらにアマテラスの体内深くに指を挿し入れる。

「躰の中には何もない。また姉者は衣服を身につけておらぬ。その頭の玉の緒以外」

アマテラスの躰がびくんと動いてスサノヲの指を締めつけた。

スサノヲがにやりと笑った。

「そうか。判ったぞ」

スサノヲはアマテラスの躰から指を抜いた。

「御角髪に巻きつけてある勾玉」

アマテラスは胸が苦しくなった。

「その勾玉がオレの力を減じているに違いない」

そういうとスサノヲはアマテラスの頭に腕を伸ばし、勾玉を玉の緒ごとちぎり取って投げ捨てた。

アマテラスは自分の躰の上で、スサノヲの突起物が途端に固く大きくなったのを察した。

「どうだ姉者。これで交合うことができるぞ」

アマテラスは目を閉じて涙を流した。

「この天の石屋戸には何人たりとも入ることはできぬ。オレと姉者以外には誰もいないのだ。ゆっくりと交合おうではないか」

スサノヲが一気に自分の突起物をアマテラスの秘所に挿し入れた。

アマテラスは躰を大きく弓なりにのけ反らせる。

スサノヲは自分の突起物を、アマテラスの秘所の中にゆっくりと出し入れする。

スサノヲはアマテラスの顔を見つめた。アマテラスもスサノヲの顔を見つめ返している。

「姉者の優しさにオレは惹《ひ》かれているのだ」

スサノヲは突起物を出し入れしながらアマテラスを抱きしめる。

「ちがいます」

アマテラスが喘《あえ》ぎながら言う。

「ちがうだと」

スサノヲが動きを止める。

アマテラスは苦しげな笑みを湛《たた》えたまま頷《うなず》く。

「どう違うというのだ」

アマテラスは答えない。

スサノヲはふたたび動き出した。激しく突起物を出し入れする。

「オレは姉者の優しさに惹かれたのだ」

スサノヲは狂ったようにアマテラスを突いた。

アマテラスは両の手でスサノヲを抱きしめた。

スサノヲの突起物が、アマテラスの躰の中でさらに膨張した。

「スサノヲ。あなたはわらわに、伊邪那美《いざなみ》の面影を見ているのです」

スサノヲは動きを止める。

「伊邪那美は、オレの母ではないか」

「あなたは、母を抱いているのです」

スサノヲは自分の命の分身をアマテラスの躰内に放出した。

「ああ」

アマテラスの躰が光り輝いた。

アマテラスがスサノヲを強く抱く。

二人は抱き合ったまま動きを止めた。

九、天《あめ》の石屋戸《いわやど》

大木の前で息絶えたツクヨミの周りに淤能碁呂《おのごろ》に棲《す》む神々が集まった。

機織《はたお》りの神。あるいは神々の重鎮であるフトダマノミコト。

また、鍛冶《かじ》師を束ねるアマツマラ。

アマテラスの女官たちもツクヨミを取り囲む。そして、淤能碁呂の最強の兵士たちも御殿に駆けつけた。

ツクヨミの喉《のど》からはまだ生々しく真っ赤な血が流れている。

女官たちは涙を流している。

多くの神々もどうしたらよいか判《わか》らずにおろおろとしている。

「大変なことになってしまった」

フトダマノミコトが呟《つぶや》く。フトダマノミコトの四角張った顔には他の神々よりも深い皺《しわ》が刻まれている。躰《からだ》は大柄だが決して太っているわけではない。いつも眉間《みけん》に皺を寄せ、口元を引き締めている。

「三貴神の一人、ツクヨミ様が殺されてしまった」

フトダマノミコトは言葉を絞り出す。

「この事態をどう収めればよいのか。伊邪那岐《いざなき》様は姿が見えぬ」

「さらに心配なのはアマテラス様のことですな」

アマツマラが言葉を重ねる。


アマツマラはフトダマノミコトよりも背は低いが、躰は重そうだ。腹は膨らみ、顔もまるまると太っている。その目は大きく、強い視線は木にとまった虫を落としかねないほどの威圧感を発している。

「アマテラス様は今、天《あめ》の石屋戸《いわやど》の中でスサノヲ様と二人きり」

女官たちが顔を伏せる。

「あの乱暴者のスサノヲ様と二人きりでは、いったいアマテラス様はどのような目に合わされていることか」

フトダマノミコトが溜息《ためいき》をつく。

「なんとかこの岩戸を開けることはできぬものか」

「アマツマラ。それは無理なこと。この岩戸はアマテラス様以外に開けることはできぬ」

「それでも試してみましょうぞ」

「待て。開けたところでどうするのだ。中には乱暴者のスサノヲ様がいるのだぞ」

スサノヲ様に逆らうことはできぬとフトダマノミコトは思っている。

「しかし、このままアマテラス様を見殺しにはできませぬ」

「開けたところでスサノヲ様からアマテラス様を救うことはできぬ」

フトダマノミコトとアマツマラは睨《にら》みあった。

「お待ちください」

女性の声がした。迷いのない声だ。フトダマノミコトとアマツマラは声のする方に顔を向ける。

声の主はアメノウズメだった。

「アメノウズメ」

「お前になにか名案があるのか」

フトダマノミコトはアメノウズメに期待をかける。

「はい」

答えるアメノウズメの立つ姿は、並みいる男性神よりも堂々としていた。

「お主の考えを聞こうではないか」

フトダマノミコトが言う。

「ここはやはりツクヨミ様のお力を借りなければなりますまい」

「ツクヨミ様だと」

アメノウズメは頷《うなず》く。

「血迷うたか。ツクヨミ様は目の前で息絶えておるわ」

「フトダマノミコト。ツクヨミ様は死から生命を甦《よみがえ》らせる力を持っているのです」

「なに」

「それは真《まこと》か」

「はい」

アメノウズメの言葉に神々は顔を見合わせあった。

「しかし他の者にその力を使うことはできても、ご自身が亡くなられてはどうしようもあるまい」

「しかしツクヨミ様の体内に再生の力が眠っていることはたしかなこと」

「それをどうすれば生かせるのだ」

アメノウズメは口を閉じて思いをめぐらせた。

「誰か知恵者に尋ねるのがよいでしょう」

「知恵者だと」

「はい」

「この涉能碁呂で知恵者といえば」

フトダマノミコトは考えている。

「思金神《オモヒカネノカミ》の他にはいないでしょう」

「思金神……」

アメノウズメは頷く。

「思金神は多くの思慮を兼ね備えた智力《ちりょく》の神。必ずや方法を知っているはず」

「判った。誰か思金神をこの場に連れて参るのだ」

フトダマノミコトの言葉に神々が四方に飛び去った。

やがて一人の神が、見慣れぬ神を連れて戻ってきた。

その見慣れぬ神は、背が高く、躰は痩《や》せている。縮れた髪を肩まで伸ばし、目を閉じている。

「フトダマノミコト。思金神を連れて参りました」

フトダマノミコトはどこか尊大そうな思金神をしげしげと見つめた。

「お前が思金神か」

「そうだ」

フトダマノミコトは思金神の風体を見回す。その乱れた髪とどんよりとした目つきを見ていると、背ばかり高く、だらしのない神のように思える。

フトダマノミコトはアマツマラとアメノウズメを振り返った。

「どうもぼんやりとした神のようだ。この男が本当に智力の神なのか」

「間違いございません」

アメノウズメが頷く。

「仕方がない。藁《わら》にもすがる思いで尋ねてみよう」

フトダマノミコトは思金神に向き直った。

「我々はいま困っている。ツクヨミ様がスサノヲ様に殺されてしまったのだ。しかしツクヨミ様は再生の神。なんとか生き返らせることはできぬものだろうか」

「できぬ事もないが」

思金神は目を瞑《つむ》ったまま顎《あご》に手を当てた。

「本当か」

「ああ」

「嘘《うそ》を言っているのではないな」

「俺が嘘をいう理由がどこにある」

思金神は目を開いた。

「ではもったいぶらずにツクヨミ様を生き返らせる手だてを教えるのだ」

思金神は地面に倒れているツクヨミの周りを歩き始めた。

「ふむ」

「どうだ」

「ツクヨミ様の魂は、まだツクヨミ様の躰に付着しているぜ」

「なに」

「本当か」

フトダマノミコトとアマツマラが口々に言う。

「ああ。これは殯《もがり》の期間という。つまりまだ蘇生の可能性があるのだ」

「どうすればよい」

「鎮魂《たまふり》の儀式を執り行い、今にもツクヨミ様の肉体を離れようとしている魂を、肉体に戻すのだ」

「魂を鎮《しず》めるのだな」

「そうだ。鎮魂の儀式とは、つまり死んだ人間を生き返らせる儀式なのだ」

「その儀式の方法は」

「巫女《みこ》が必要だ」

「巫女とな」

「そうだ。我らの祖神である伊邪那岐様、伊邪那美《いざなみ》様、そしてアマテラス様、スサノヲ様、ツクヨミ様の魂と呼応できる力を有する女神が必要だ」

「そのような事ができる女神がいるものだろうか」

フトダマノミコトは機織りの女神を目に留めた。機織りの女神は困ったような顔をして首を左右に振った。

「だれかいないか。我らの祖神と呼応する能力を持つ者は」

女官たちも顔を見合わせるだけだ。

「思金神。お前なら判っておろう」

フトダマノミコトは思金神に詰め寄った。

「判っているが、鎮魂の儀式は過酷な儀式なのだ。それに耐えられるか」

「そのようなことを言っているときではない。ツクヨミ様の命を救わなければならぬのだぞ」

「判った」

皆は思金神の次の言葉を待つ。

「アメノウズメ。お前が巫女の力を有している」

「わたしが……」

「そうだ」

神々がざわめく。

「光栄でございます」

アメノウズメが頭を下げる。

「でもそれは買いかぶりというもの。わたしは今まで、我らの祖神の声を聞いたことはございませぬ」

「はたしてそうかな」

思金神は落着いている。

「よく思いだしてみるのだ。お前はいつも、声を聞いているはずだ。だが、それが我らの祖神の声と意識できぬだけ」

アメノウズメは首を捻《ひね》って考えている。

「考えるな。俺のいうことに間違いはない」

なんという傲慢《ごうまん》な男なのだ。フトダマノミコトは忌々《いまいま》しい思いで思金神を見る。だが、今はこの男に頼らなければならない。

「判りました」

アメノウズメが意を決したように言う。

「それで、わたしは何をすればよいのでしょうか」

「鎮魂の儀式だ」

「それはどのようなものなのです」

先ほど思金神はその儀式を、過酷なものだと言った。

「死んだツクヨミ様と、交合《まぐわ》えばよい」

周りの神々が息を呑《の》んだ。

「そのような事ができるのですか」

「それはお前しだいだ」

思金神はアメノウズメを見つめる。アメノウズメは返事をしない。

「アメノウズメ。頼む。この淤能碁呂、いや、高天原《たかまがはら》全体のためだ。やっておくれ」

フトダマノミコトがアメノウズメの腕を握りながら言った。他の神々もアメノウズメの返事に期待をかけているのが判る。

「判りました」

アメノウズメの返事に、神々の間に安堵《あんど》の溜息が洩《も》れる。

アメノウズメは白い装束を結ぶ紐《ひも》を解いて、その紐を地面に放《ほう》り投げた。装束の前を手で押さえる。そのままかがみ込み、ツクヨミの死に顔を覗《のぞ》き込む。

ツクヨミの美しい顔は、命を奪われてもいささかもその美しさを損なってはいない。むしろその顔は以前にも増して透き通るように白くなり、はかなげな輝きを加えていた。

アメノウズメはツクヨミの唇にそっと自分の唇を重ねた。唇を重ねながらツクヨミの突起物に手を伸ばす。ツクヨミの突起物は力を失っている。

アメノウズメはツクヨミの突起物を手で優しく撫《な》で回す。だが、ツクヨミの突起物は力を得ることはない。

（これでは二人は交合うことはできぬ）

フトダマノミコトは胸の内に焦りを覚える。

（もしツクヨミ様を黄泉帰《よみがえ》らせることができぬのなら、アマテラス様を救うことはできぬ。アマテラス様を救うことができなければ、この淤能碁呂は、乱暴者のスサノヲ様の天下になるやも知れぬ）

何とかしてくれ。ツクヨミ様の再生の力を引き出してくれ。フトダマノミコトはアメノウズメに祈った。

アメノウズメがツクヨミの突起物から手を離した。躰をずらし、顔をツクヨミの躰の下の方に動かしていく。

その一挙手一投足を皆が見守っている。

アメノウズメはツクヨミの突起物に顔を近づけた。そして突起物を口に含んだ。

周りの神々が息を呑む。

アメノウズメはツクヨミの突起物を、優しく愛《いと》おしむように自分の口で包み込む。

力を失った突起物を、口の中で愛おしむ。

その冷たさと暖かさの入り交じったアメノウズメの口の感触が、ツクヨミの突起物に変化をもたらした。突起物は少しずつ力を回復し始めている。

アメノウズメは優しく突起物をなめまわし、吸い上げるように顔を動かす。兵士たちがアメノウズメの挙動を見守る。

ツクヨミの突起物が固く大きくなっていくのがフトダマノミコトにも見えた。

アメノウズメは口を離した。

装束の前をはだけ、ツクヨミに覆いかぶさる。

装束で見えないが、アメノウズメはツクヨミの突起物を、自分の孔《あな》に入れようとしている。

神々が見守る。

アメノウズメは自分の目で確かめながらツクヨミの突起物を入れようとしている。

「大丈夫か、アメノウズメ」

フトダマノミコトが声をかける。

アメノウズメはうなずく。

アメノウズメは自分の手を装束の下に忍ばせた。その手で突起物を掴《つか》み、自分の孔の中に導くつもりらしい。

「どうだ」

「入りました」

どよめきが起こる。

アメノウズメは手を装束から出し、地面に突いた。

腰を沈める。

「ああ」

アメノウズメが眉間に皺を寄せる。

「魂を奮い立たせろ」

思金神が叫ぶように言う。

アメノウズメは思金神の声を聞くと、激しく腰を動かし始めた。目を瞑《つむ》ったまま、眉間に皺を寄せ、断続的な呻《うめ》き声を上げている。

ツクヨミの顔に変化が見られた。微《かす》かに眉が動いている。

アメノウズメが「ああ」と長く悶《もだ》えて、腰を深く沈めた。ツクヨミの口を吸う。そのまま動きを止めた。

「あれは」

フトダマノミコトが声を洩らした。

ツクヨミの頸《くび》の傷口が塞《ふさ》がっていく。

アメノウズメはなおもツクヨミの口を吸い続けている。

ツクヨミが目を開けた。歓声が沸き起こる。

アメノウズメは顔を離す。

「お気づきになられましたか」

「お前は」

アメノウズメはゆっくりと腰を動かした。

「アメノウズメです」

ツクヨミがアメノウズメの肩を両手で摑んだ。そのまま躰を入れ替えてアメノウズメを仰向けに寝かせ、自分が上になった。

ツクヨミはアメノウズメを慈《いつく》しむようにゆっくりと腰を動かし、自分の生命の分身をアメノウズメの体内に放射した。

二人はしばらく抱き合ったまま動きを止めた。

やがてツクヨミは躰を離す。アメノウズメの胸はまだ波打っている。

「でかしたぞ。アメノウズメ」

フトダマノミコトが呟くように言った。

「ツクヨミ様。ツクヨミ様は死の底から甦られたのです」

アマツマラが言う。

「礼を言うぞ。アメノウズメ」

ツクヨミの言葉に、アメノウズメは躰を寝かせたまま頷く。

「アマテラス様はとうとう、スサノヲ様にむりやり天の石屋戸に連れ込まれ、扉を閉ざされてしまわれました」

「なに」

フトダマノミコトが、ツクヨミが倒れてからの出来事を報告する。

「今ごろアマテラス様は……」

「ツクヨミ様。アマテラス様をお助けください」

「だが天の石屋戸の扉は、姉者以外、誰にも開けることはできぬのだ」

「判っておりまする。しかしツクヨミ様ならば、なんらかのやり方をご存じではないかと一縷《いちる》の望みを賭《か》けました」

ツクヨミは思金神を見た。思金神が口を開く。

「この淤能碁呂のどこかに、どんな重い物だろうと動かすことのできる、力自慢の神がいると聞いたことがある」

ツクヨミは頷いた。

「ツクヨミ様。いま思金神が言ったことは真のことでしょうか」

「真だ。その男ならあるいは、天の石屋戸の扉を動かすことができるかも知れぬ」

「その男とは誰でござる」

フトダマノミコトとアマツマラがツクヨミに詰め寄る。

「その男は大変な恥ずかしがり屋でな。人前には決して姿を現さぬのだ」

「しかし事は高天原全体に関《かか》わる大事。そのようなわがままが許されるときではございませぬ」

「たしかにそうだ」

ツクヨミは頷いた。

「その男とは誰なのです」

「タヂカラヲ」

「タヂカラヲ……」

「この男は巨大な体の持ち主なのだ。この世の力という力を統《す》べる神だ。だが、人前に姿を見せることができぬ程の恥ずかしがり屋なのだ」

「どこにいるのです。そのタヂカラヲという神は」

「みなの目の前にいる」

「目の前ですと」

フトダマノミコトが辺りを見回すと、他の神々もタヂカラヲの姿を求めて視線を方々に走らせる。

「そのような巨大な躰の持ち主など見当たりませぬが」

「タヂカラヲ。姿を現せ。お前の力が必要なのだ」

ツクヨミが後ろを向いて叫んだ。みなはツクヨミの後方に注目する。

微《かす》かな呻き声が聞こえる。

「あれは」

御殿を守るかのようにそびえ立っていた大木が、震えている。

「見ろ。大木の枝が」

アマツマラが大木の上方を指差す。大木の二本の枝が上下に動いている。

大木が激しく震えだした。

兵士たちはいったい何が起きたのかと大木を見つめる。

大木から発せられる呻き声がだんだんと大きくなる。大木にまとわりついていた葉や小枝や蔦《つた》や苔《こけ》が、大木の震えにより振り落とされる。

「タヂカラヲ……」

思金神が呟く。

振り落とされた蔦や苔の中から、一人の巨大な神が現われた。

「久しぶりだな。タヂカラヲ」

「ツクヨミ様」

大地を揺るがすタヂカラヲの声が、ゴロゴロと響いた。

「お前に頼みがあるのだ」

タヂカラヲはゆっくりと足を上げた。女官たちが悲鳴をあげて逃げまどう。

「逃げるでない」

ツクヨミが叫ぶ。

タヂカラヲは今まで立っていた向きと反対の方角に足を下ろす。

「どうしたのだ、タヂカラヲ」

「こんなに大勢の神々。恥ずかしい」

タヂカラヲはこの場から逃げようとする。

「恥ずかしがっている場合ではない。アマテラス様が危機なのだ」

タヂカラヲは逃げようとする足を止めた。

「アマテラス様が……」

タヂカラヲの巨大な顔が哀《かな》しげに歪《ゆが》む。

「姉者はスサノヲによって天の石屋戸に閉じこめられた。天の石屋戸を開けることができるのはタヂカラヲ、お前しかいない」

「スサノヲ様、恐ろしい」

「案じるな。スサノヲは私が始末する。先ほどは油断したが、今度は大丈夫だ。私は甦るたびに力が強まるのだ」

「スサノヲ様は、本当にわたしに何もしないか」

「何もさせない。約束する」

ツクヨミの言葉を聞くとタヂカラヲは向きを変えた。

「天の石屋戸を開けよう」

神々の間からどよめきが起こる。

タヂカラヲがその巨大な足を御殿の中に踏み入れた。タヂカラヲが御殿に入ると、御殿の高い天井ががらがらと崩れ落ちる。女官たちが逃げまどう。

タヂカラヲは天の石屋戸の隙間《すきま》に両手をかける。思い切り引く。だが、天の石屋戸は動かない。

「やはり姉者しか開けることはできぬのか」

ツクヨミは溜息を漏らした。

タヂカラヲは両足に思い切り力をかける。両腕に小山のような力瘤《ちからこぶ》ができる。「おおお」という声を発して石屋戸を引っ張る。

石屋戸が、少し動いた気配がする。

「ツクヨミ様、あれを」

フトダマノミコトが天の石屋戸に向かって指を指す。

石屋戸に、少し透き間が空いた。

「おお」

アマツマラが声を出す。

タヂカラヲはなおも顔を真っ赤にさせて石屋戸を引き続ける。石屋戸は少しずつ隙間を広くさせる。

　フトダマノミコト、アマツマラが石屋戸に駆け寄り、タヂカラヲを助けて手をかける。

「開いていくぞ」

　兵士たちが叫んだ。

　天の石屋戸が少しずつ開《ひら》き始めている。

　タヂカラヲが今度は躰を回り込ませて石屋戸を押し開ける。

　石屋戸は、ごろごろと音をたてて開いていった。

　ツクヨミが長剣を手に握りしめる。

　タヂカラヲは石屋戸を開け終えると尻餅《しりもち》をついた。そのまま肩で息をして坐《すわ》りこんだ。

「淤能碁呂の軍《いくさ》たちよ」

　ツクヨミが周りにいる兵士たちに声をかけた。

「アマテラス様を救い出せ」

　途端に勇ましい兵士たちは天の石屋戸めがけて走り出した。ツクヨミも兵士たちに続く。

　大勢の兵士たちが石屋戸の中に雪崩《なだ》れこんだ。

　石屋戸の中程の床に、ぼんやりとした光が見える。

　兵士たちは足を止め、光の周りに集まった。みな言葉を発しない。

「どうした」

　ツクヨミが兵士たちに追いついた。兵士の輪を掻《か》き分け、輪の中央の光に辿《たど》り着く。

「これは」

輪の中央には、アマテラスがうつ伏せになって倒れていた。長い黒髪は短く刈り取られ、その背中には短剣が刺さっている。衣服は真っ赤な血にまみれている。

「姉者」

ツクヨミは手を血で染めながら短剣を引き抜いた。

「姉者」

アマテラスは返事をしない。ツクヨミはアマテラスの躰を仰向けにする。だがアマテラスはもう息をしていない。

ツクヨミは短髪となったアマテラスの顔を覗き込む。息もしていないし、心の臓も動いていない。

「姉者が、スサノヲに殺された」

ツクヨミは辺りを見まわした。

「スサノヲは、どこにいる」

ツクヨミの声に促《うなが》されて兵士たちが天の石屋戸の中を見回す。だが、石屋戸の中に、スサノヲの姿は見えない。

「ツクヨミ様。スサノヲ様のお姿は見当たりませぬ」

「そのような莫迦《ばか》な話があるか。姉者とスサノヲがこの天の石屋戸に入ったのは大勢の者が見ている。そしてこの戸が閉じられた後は、誰も出てはいないのだ」

「では、この部屋の奥に抜け道があるのでは」

「天の石屋戸の奥は行き止まりだ。抜け道などない」

「ではその行き止まりの奥に、スサノヲ様は潜んでいるのでしょう」

「うむ。誰か、灯《あか》りを点《とも》せ」

ツクヨミが言うと、兵士の一人が、部屋の外から灯りを持ってきた。

「ついてこい」

ツクヨミは灯りを手に持つと、部屋の奥へと進んだ。だが、行き止まりに当たっても、スサノヲの姿は見えなかった。

「こんな莫迦な」

ツクヨミは灯りを持ちながら、部屋の隅から隅まで探したが、スサノヲの姿は見えなかった。

「いったいスサノヲはどこに行ったのだ」

ツクヨミは途方に暮れた。

「ツクヨミ様。ひとまずアマテラス様をお運びいたしましょう」

兵士の一人がツクヨミに声をかける。ツクヨミが頷くと、兵士たちはアマテラスの躰を天の石屋戸の外に運び出した。

御殿の外の中庭まで運び、筵《むしろ》を敷いて寝かせる。

アマテラスの変わり果てた姿を見ると、女官たちは一斉に泣き出した。他の神々も、兵士たちもすすり泣いている。

空までが光を失い辺りは暗くなる。灯りといえば、アマテラス自身が死してなお発する微かな体光と、幾人かの兵士が持つ松明《たいまつ》だけだった。

「姉者の躰を洗い清めろ」

ツクヨミが言うと、女官たちが河から水を汲んできた。

アマテラスの衣服を脱がす。アマテラスの躰が兵士たちの前で露《あら》わになる。

女官たちは河から汲んできた水で、アマテラスの躰を隅々まで拭《ふ》いていく。

アマテラスの流した血は洗い清められ、アマテラスの躰は元の通り汚れがなくなった。

「スサノヲ。姉者の敵《かたき》は必ずこの私が取ってみせる」

アマテラスの躰を見下ろしながらツクヨミが言った。

「それにしてもスサノヲはいったいどこへ消えたのだ」

不思議なことだった。

アマテラスとスサノヲの二人が天の石屋戸に入ったところは大勢が見ている。そして扉が閉ざされた。その後、タヂカラヲが扉を開けるまで、誰も出てきてはいない。また、外から扉を開けられる者はタヂカラヲの他にはいない。

「そして、姉者の髪の毛は、なぜ短く切り取られているのだ」

判らないことばかりだった。

ツクヨミは中庭に集まった者どもを見回した。

「誰かスサノヲの行方《ゆくえ》に心当たりのある者はいないか」

ツクヨミが叫ぶように言う。だが皆は周囲を見回すばかりで名乗り出る者はいない。

ひとり、タヂカラヲの足下に坐って眠っている者がいる。

「思金神《オモヒカネノカミ》」

ツクヨミが呼びかけると思金神は目を開けた。

「お前は智恵《ちえ》を司《つかど》る神だ。お前ならばスサノヲの行方を突き止めることができるのではないか」

思金神はまた目を瞑《つむ》った。

「思金神」

ツクヨミが強い調子で言うと、思金神はふたたび目を開けた。ゆっくりと立ち上がると衣服についた土を払った。

「たしかに不思議な出来事だ」

思金神はツクヨミに向かって歩きながら言った。

「天の石屋戸は閉じられて、誰も出入りすることはできなかった。その扉の前には大勢の神々がいて、中からだれも出ていないことは明白だ。つまり天の石屋戸は、密室《ひそかむろ》だった」

「密室《ひそかむろ》……」

思金神は頷く。

「その密室から、スサノヲ様が忽然《こつぜん》と姿を消した」

「訳が判らぬ」

「スサノヲ様は、本当に天の石屋戸に入ったのだろうか」

「なんだと」

「中にいなかったのであれば、当然考えなければいけないことだ」

「スサノヲが天の石屋戸に入ったのは疑いのないこと。大勢の神々の見ている前での出来事だったのだ」

「では」

　思金神は考え込んだ。

「もう一つ不思議なのは、アマテラス様の御髪《おぐし》が短く切り取られていたこと」

「なぜスサノヲはそのようなことをしたのだ」

「スサノヲ様が切ったとは限らぬ」

「なに」

「石屋戸の中の出来事をだれも見てはいない。御髪はアマテラス様自ら切ったのかも知れぬではないか」

「なぜ姉者はそのようなことをしなければならぬのだ」

「もしかしたら」

　フトダマノミコトが口を挟んだ。

「アマテラス様の御髪には、何らかの霊力が宿っていたのではござらぬか」

「ほう」

ツクヨミが思金神からフトダマノミコトに視線を移した。

「それを察したスサノヲ様が、アマテラス様の霊力を弱めるために御髪を切った」

「なるほど。それならば理《ことわり》はつく」

ツクヨミは頷いた。

「しかし姉者の御髪には、いったいどのような霊力が宿っていたというのか」

ツクヨミは考え込んだ。

「従者どもの話では、切り取られた御髪は大変な量で、まるで切り取られた後に御髪がひとりでに増えたようだということです」

「増えただと」

「はい。そこに霊力の秘密があるかも知れませぬ」

「なるほど」

なぜアマテラスの髪は切り取られていたのか。そして切り取られた髪はなぜ増えたのか。

「そうか」

思金神が声を洩らした。

「どうした」

思金神はその縮れた髪をかきむしっている。

「どうしたのだ」

「そうだったのか」

「判ったのか」

思金神は髪をかきむしるばかりで返事をしない。

「どうなのだ」

「判ったよ」

思金神は目を瞑っている。

「すべてが判った」

「教えてくれ。姉者はいったいその髪に、どのような霊力を宿していたのだ」

「髪に霊力などありはしない」

「なんだと」

「霊力なんかないんだよ。髪はただの髪だ」

「ではいったい、どうして姉者の髪は切り取られていたのだ」

「変装のためだ」

「変装だと」

「ああ」

「髪を切ったところで変装にはならぬ。長い髪だろうと短い髪だろうと、姉者の顔を見まちがうことなどない」

「そうではない」

思金神は苛立《いらだ》たしそうに言った。

「変装したのは、スサノヲ様の方だ」

「なに」

「逃げちまったんだよ。変装したスサノヲ様は、まんまと天の石屋戸から逃げちまったのさ」

「そのようなことがあるか。この石屋戸の前には我ら大勢の者が見張っていたのだ」

「その前を、スサノヲ様は堂々と逃げたのだ」

「莫迦な。誰もスサノヲ様を見てはおらぬ」

「変装していたから判らなかったのだ」

「いったいスサノヲはどのような変装をしたというのだ」

「髭を、い、い、剃り落としたのだ」

「なに」

「だから皆はスサノヲ様を見つけられなかった」

「そのようなことがあるか」

「スサノヲ様の、胸まで伸びた髭《ひげ》はよく目立つ。髭を見ればスサノヲ様と判るくらいに。その髭が綺麗《きれい》に剃《そ》り落とされていたら、一目見ただけではスサノヲ様と判らぬのではないか」

思金神の言葉にツクヨミは考え込んでいる。

「またスサノヲ様の腕は多くの毛で覆われている。その毛も剃り落としていれば、ますますスサノヲ様を見分けにくくなる」

「しかし」

「おそらくスサノヲ様は天の石屋戸の入り口近くに潜んでいたに違いない。そしてタヂカラヲが天の石屋戸を開き、兵士たちが石屋戸の中に流れ込んだときに、その兵士たちの中に紛れた。後は河へ水を汲みに行く振りをしてこの場を去ればよい」

「だが、スサノヲほどの多くの髭や毛を剃れば、その跡が石屋戸の中に散らばり目立つはず」

「だからこそスサノヲ様は、アマテラス様の御髪を切ったのです」

「なんだと」

「自分の髭や毛を、アマテラス様の御髪に紛らすために」

思金神の推量にツクヨミは唸《うな》った。

「アマテラス様の切り取られた御髪が増えたように見えたのは、スサノヲ様の髭が加わっていたためだ」

「たしかに、思金神のいう通りかも知れぬ」

「ではスサノヲ様は、我らの前に姿をさらしながら、まんまと逃げおおせたということですか」

フトダマノミコトが忌々しげに言う。

「そのようだ」

フトダマノミコトは天を仰いだ。

「ツクヨミ様。この淤能碁呂は昼というのに闇《やみ》が支配しております。また天を仰ぎ見るに、高天原全体が闇に覆われている様子。これではスサノヲ様を捜し出すことは難しい」

「その通りだ」

アマツマラが相槌《あいづち》を打つ。

「それに、昼だというのにこのような暗闇では暮らしてゆけぬ」

「ツクヨミ様。いったいどうすればよいのです」

「この暗闇は姉者が亡くなったせいだ」

「なんですと」

「姉者は昼を司る神。その姉者が亡くなれば、闇が訪れるのは道理」

「では、我らはこのままずっと、暗闇の中で暮らしていかなければならないのですか」

「光を取り戻す方法がある」

「それは」

「姉者を甦らせるのだ」

「アマテラス様を……」

ツクヨミは頷く。

「そのような事ができるのですか」

「わたしは再生の神だ。わたし自身も黄泉の国から帰ってきたではないか」

ツクヨミの言葉に周りの神々は安堵の声を発する。

「して、アマテラス様を甦らせる方法は」

「巫女が鎮魂《たまふり》の舞を舞えばよい」

「巫女……」

神々はアメノウズメを探した。アメノウズメは大木に戻ったタヂカラヲの足下に坐っていた。

「やってくれるか、アメノウズメ」

「アマテラス様のためなら、たとえこの身が果てようとも厭《いと》いませぬ」

「よく言った」

アメノウズメがツクヨミの前に進み出た。

「いいかよく聞け。天香具山《あまのかぐやま》から日陰の葛《かずら》と真折《まさき》の葛と笹《ささ》の葉を持ってこい。また、大きな桶《おけ》を用意するのだ」

ツクヨミが言うと、幾人かの神々が四方に散った。

やがて散らばった神々がツクヨミに言われた物を用意して戻ってきた。

ツクヨミは天香具山の日陰の葛をアメノウズメに襷《たすき》にかけた。真折の葛を髪にかける。笹の葉を束ねてアメノウズメに握らせる。

横たわるアマテラスの前に桶を伏せて置く。

「さあ、アメノウズメ。この桶の上で、衣服を脱ぎながら舞い踊るのだ」

「判りました」

アメノウズメは桶の上に乗った。

アメノウズメは桶を踏みならしながら舞い始めた。

険しい目で横たわるアマテラスを見つめながら踊っていたが、やがてその目は宙を舞い始めた。

アメノウズメは衣服の前を開いた。豊かな胸が露わになる。

衣服を縛っていた紐をほどいて両手に持って伸ばす。

衣服の合わせ目が開いて、アメノウズメの長い脚が露わになり、女陰《ほと》が見え隠れする。

「アメノウズメ。姉者の魂は今にも姉者の躰を離れようとしているぞ。もっと魂を奮い立たせるのだ。そして自分の躰に戻ることに気づかせるのだ」

ツクヨミの言葉が届くと、アメノウズメは皆の見守る中で紐を投げ捨てた。

アメノウズメは動きを止めた。

衣服に手をかけ、脱ぎ捨てる。

アメノウズメは桶の上で全裸になった。

見守る神々がどよめいた。

アメノウズメはふたたび踊りだした。

「アメノウズメ。姉者の魂は自分の躰に戻った。だがまだその魂は眠ったままだ。眠った魂を奮い起こすのだ」

　ツクヨミの言葉にアメノウズメは踊りを止めた。

　桶の上から堂々と全裸のまま下りてくる。長い脚が艶《なま》めかしく交差する。

　アメノウズメは全裸で横たわるアマテラスの下《した》まで歩いていく。

　アメノウズメは腰を下ろし、アマテラスの躰の上に自分の躰を重ねた。

　アマテラスの胸に、アメノウズメの胸が押し当てられる。

　アメノウズメはアマテラスの唇に自分の唇を当て、口を吸った。

　神々がアメノウズメの行いを見守る。

　長い間、アメノウズメはアマテラスの口を吸い続けた。

　やがてアメノウズメは口を離し、躰をずらし、アマテラスの胸に口を当て、吸い始めた。

　微かにアマテラスの胸が隆起した。

「あれを」

　フトダマノミコトが声を発した。

　アマテラスの口から「ああ……」という声が漏れた。

　アメノウズメはアマテラスの女陰に指を這《は》わせた。

　アマテラスの目が開いた。

「おお」

　アマツマラが声をあげた。

空の闇の中に、うっすらと光が差し始めた。

十、大気都比売神《オホゲツヒメノ》

アマテラスが命を吹き返し、淤能碁呂《おのごろ》に、そして高天原《たかまがはら》に光が戻った。

アマテラスは御殿に戻り落ち着きを取り戻した。

「姉者。教えてください。スサノヲはどのようにして姉者に短剣を突き刺したのです」

ツクヨミが尋ねた。

アマテラスは潤《うる》んだような目でツクヨミを見つめた。

「覚えていないのです」

「覚えていないですって」

「はい。あの時のことは何もかも」

ツクヨミは口を開けたままアマテラスを見つめた。

自分が実の弟に剣で刺されたという重大なことを覚えていないというのか。

だが、無理もないとツクヨミは思い返した。実の弟に刺し殺されたという出来事を経験すれば、心に激しい衝撃を受けない筈《はず》はない。また、思い出したくない、忘れたいという思いが働いているのかも知れない。

「だが、どうやらスサノヲは、姉者に対して思いは遂げていない筈」

ツクヨミはアマテラスの目を見ないように言った。

「そうでしょうか」

アマテラスはか細い声で答える。

「それも覚えていないのですか」

「はい」

「もしスサノヲが思いを遂げたのであれば、その時点で満足し、刺し殺すなどとは思わぬ筈。スサノヲはおそらくいきなり姉者に剣を突き刺し、そのまま逃げ去ったのです」

「それを聞いて安堵《あんど》しました。わらわにとって、実の弟と交わるなどとは、死ぬよりも辛《つら》いこと」

ツクヨミは頷《うなず》いた。

「だが、姉者に剣を刺したスサノヲをこのまま放《ほう》っておくわけにはいかぬ。なんとしても捜しだし、処罰しなければ」

「スサノヲを処罰するのですか」

「当たり前です」

「しかし、スサノヲはわらわたちの弟」

「なおさら罪は重い」

「ツクヨミ。なんとかスサノヲを助けることはできぬのでしょうか」

「何を言われる」

ツクヨミはその、冬の空に浮かぶ大きな三日月のように研《と》ぎ澄まされた目をアマテラスに向けた。

「スサノヲは姉者を刺し殺したのですよ」

「でも、スサノヲは寂しかったのです」

「寂しかった……」

アマテラスは頷く。

「スサノヲは身罷《みまか》られた母が恋しかったのです」

「それはわれらも同じこと」

「でも、スサノヲは人一倍寂しがり屋なのです」

「あの乱暴者のスサノヲが寂しがり屋ですって。そんなことは信じられない」

「本当です」

「でも、だからといって罪が消えるわけではない」

ツクヨミはアマテラスを見つめている。

「そうですね」

アマテラスは顔を伏せた。

「たとえこのツクヨミが許しても、伊邪那岐《いざなき》がスサノヲを許さないでしょう」

「われらの父が」

「そうです」

ツクヨミは腰の剣に手をかけた。

「どんなことをしてもスサノヲを討ちます」

アマテラスはツクヨミに背を向け、「判《わか》りました」と言った。

＊

伊邪那岐の命により淤能碁呂中の兵士が駆り集められた。

スサノヲ討伐軍が編制され、ツクヨミがその長《おさ》になった。

討伐隊はいくつもの部隊に分かれ、淤能碁呂中に散っていった。

そのころ、アマテラスは天《あめ》の石屋戸《いわやど》にひとりの女神を呼んで扉を閉めた。

呼ばれたのはオホゲツヒメである。

「オホゲツヒメ」

アマテラスが哀《かな》しげに眉《まゆ》をひそめながらオホゲツヒメに声をかけた。

「はい」

オホゲツヒメは跪《ひざまず》いた。

オホゲツヒメはアマテラスよりも躰《からだ》の線は細いが、その顔は会う者にやすらぎを与える慈悲を湛《たた》えていた。

「スサノヲを葦原中国《あしはらのなかつくに》に逃がします」

「葦原中国に……」

　オホゲツヒメは目を見開いてアマテラスを見た。

「スサノヲ様の居場所をご存じなのですか」

「わらわは光を統《す》べる者。スサノヲが発する光を察知できるのです」

「そうですか」

　オホゲツヒメは落ち着きを取り戻す。

「でも、スサノヲ様はアマテラス様を」

「刺したりはしていません」

「え」

　アマテラスの言葉はまたオホゲツヒメを驚かせたようだ。

「スサノヲはわらわを力尽くで犯したのです」

「なんですって」

　オホゲツヒメはアマテラスを見つめた。アマテラスは顔を伏せている。

「そのようなことが」

「わらわにとっては死ぬよりも辛いこと。だから、わらわは死を選んだのです」

「では、あの剣は」

「わらわがスサノヲに頼んで刺してもらいました」

「頼んで……」

アマテラスは頷く。

「わらわが剣で刺されたなら、わらわが犯されたことは知られずに済むでしょう。そう考えたのです」

「犯されたことを知られるよりは、死を選んだというのですか」

「そうです」

天の石屋戸の扉は閉ざされ、アマテラスとオホゲツヒメの他に話を聞く者はいない。

「わらわは自分で舌を嚙《か》み、自ら死を選びました。その後で剣で刺すようにスサノヲに頼んだのです」

「なぜそのような事を」

「自ら死を選んだのであれば、わらわとスサノヲの間に何があったのかを推測されてしまいます。だから殺されたことにして欲しかったのです」

「でも、実の弟のスサノヲ様が惨《むご》い仕打ちをしたことに変わりはありませぬ。そのスサノヲ様をなぜ逃がすなどと」

「スサノヲが捕まれば、本当のこと、われら姉弟が交合《まぐわ》ったことを話してしまうかもしれないでしょう」

オホゲツヒメは小さく「あ」と声を洩《も》らした。

「それは耐えられませぬ。だから先手を打って、スサノヲを葦原中国に逃がすのです」

「そうですか」

「わらわを犯したとあればいずれスサノヲは死罪。そうであれば殺害の罪を被《かぶ》った方がまだしも名誉を守れるというもの」

天の石屋戸の中はアマテラスが発する光で満たされている。

「スサノヲに髭《ひげ》を剃《そ》らせ、この石屋戸に踏み込む兵士たちに紛れて逃げるように言ったのもわらわです。そして変装が露見しないように、わらわの髪を切ることも」

オホゲツヒメは頷きながらも、納得がいかない様子である。

「でもなぜわたしのような者をこの天の石屋戸にお呼びになったのです」

「スサノヲを葦原中国に逃がす手引きをして欲しいのです」

「え」

「そしてスサノヲが葦原中国で無事に暮らせるように、五穀の種を持っていって欲しいのです」

「五穀の種とは」

「葦原中国は葦《あし》が伸び放題に伸びるほど質の良い土地が広がっています。でも葦ばかりでは、お腹を満たすことはできません。五穀の種は葦原中国に豊かな食物をもたらすことでしょう」

「判りました。でも、スサノヲ様がこの淤能碁呂を去るのであれば、その後の心配までする必要はないのではありませんか」

「これはスサノヲばかりの心配ではありませぬ。葦原中国の民すべてのためなのです」

アマテラスの声は小さかったが、有無を言わさぬ強さを秘めていた。

オホゲツヒメが頷くとアマテラスは、スサノヲに会い、船で淤能碁呂を去るまでの段取りを伝えた。

「判りました」

オホゲツヒメは段取りを頭の中にしまい込むと、天の石屋戸を出ていった。

オホゲツヒメが出ていくとアマテラスはふたたび天の石屋戸の扉を閉めた。

（スサノヲ……）

アマテラスは衣服を脱ぐと、八咫鏡《やたのかがみ》に自分の全身を映し、自らの胸を両手で包んだ。

＊

ツクヨミたちの必死の探索にも関《かか》わらず、スサノヲは一向に見つからなかった。

しばらくするうちに、アマテラスの躰に変化が訪れた。腹が膨らみ始めたのである。

――アマテラス様がご懐妊された。

この噂《うわさ》はすばやく淤能碁呂中に広まった。

――でも、いったい誰のお子なのか。

アマテラス様が誰かと交合ったなどとは聞いたことがない。

神々は噂しあった。だがアマテラスは、お腹の子が誰の子なのか、頑《がん》として話さなかった。

やがてアマテラスは子を産んだ。その子はオシホミミノミコトと名づけられた。

(お前も大きくなったらお父上の後を追って葦原中国に行くが良い)

アマテラスは心の中でわが子にそう語りかけた。

＊

船の中に杭《くい》で囲まれた狭い部屋がある。その部屋でオホゲツヒメはスサノヲと二人きりで差し向かいになって坐《すわ》っていた。

「スサノヲ様。これから五穀の事を話します」

「うむ」

オホゲツヒメは震えていた。目の前のスサノヲにはすでに濃い髭が生えている。その視線は強い光となってオホゲツヒメを撫《な》で回している。オホゲツヒメの薄い一枚の衣服を射抜くような強い視線だ。

(この人は実の姉であるアマテラス様を犯した)

そう考えると恐ろしくて逃げ出したくなる。だがアマテラス様からスサノヲ様のお供を仰せつかった以上、逃げ出すわけには行かない。

「五穀とは、稲、粟《あわ》、小豆《あずき》、麦、大豆《だいず》のことです」

「うむ」

スサノヲはなおもオホゲツヒメを見つめている。

「この五穀の種をわたしは一粒ずつ持っています。この種を葦原中国の土に埋めれば、必ず豊穣《ほうじょう》をもたらすでしょう」

「それはありがたい。俺は腹が減ってならぬ」

スサノヲの声はオホゲツヒメには獣が吠えているように聞こえる。

「その種を蒔《ま》けば必ず腹が満たされるのだな」

「はい」

オホゲツヒメはか細い声で答えた。

スサノヲがオホゲツヒメににじり寄った。

「俺は姉者との交合いが忘れられぬ」

スサノヲがオホゲツヒメの腕を摑《つか》んだ。オホゲツヒメは驚いて腕を振り払おうとしたが、スサノヲに摑まれた腕はぴくりとも動かない。

「だがこの船に姉者はいない。オホゲツヒメ。お前が姉者の代わりを務めるのだ」

スサノヲはオホゲツヒメを押し倒した。

「何をなさいます」

「抗《あらが》うな。このことは姉者も承知のこと」

「なんですって」

そんなばかかな。

「戯《たわ》けたことを言わないでください」

「どう思おうがお前の勝手だ」

スサノヲはオホゲツヒメの衣服の合わせ目を乱暴に開いた。オホゲツヒメの胸が露《あら》わになる。スサノヲはその胸に顔を埋《うず》める。

「おやめください」

「お前は姉者の代わりだ」

スサノヲはオホゲツヒメの衣服を引きちぎった。オホゲツヒメは全裸にされた。スサノヲも自分の衣服をかなぐり捨てる。

スサノヲはオホゲツヒメの向きを変え、四つん這《ば》いにさせた。

「おやめください」

オホゲツヒメの声は次第に弱々しくなる。

スサノヲはオホゲツヒメを後ろから貫いた。オホゲツヒメは思わず杭を両手で摑んでスサノヲの攻めを耐えた。

スサノヲは獣のような荒々しい息を吐きながらいつまでもオホゲツヒメを背後から犯し続けた。

*

目が覚めた。

辺りはまだ暗い。

オホゲツヒメの目は涙で腫《は》れていた。

隣を見るとスサノヲが静かな寝息をたてて眠っている。

先ほどの荒々しい交合いに似ず、その寝顔はよく見ると美しかった。

（思えばスサノヲ様はあのツクヨミ様の弟君）

髭を剃れば端整な顔立ちをしているのだろう。

だが。

（あの仕打ちは許せない）

スサノヲの命を救うために船まで導いたのに、恩を仇《あだ》で返すように凌辱《りようじよく》されるとは。

オホゲツヒメはスサノヲに仕返しをしようと思った。

スサノヲの寝息をもう一度確かめる。

（大丈夫。寝ている）

オホゲツヒメはそっと起きあがった。全裸のままである。

オホゲツヒメは褥《しとね》の横に置いた木箱に手を伸ばす。この箱の中には五穀の種が入っている。

（スサノヲはわたしの躰で肉欲を満たした。この上、腹まで満たさせるものか）

オホゲツヒメは木箱の蓋《ふた》を開ける。

「何をしている」

スサノヲの声がした。オオホゲツヒメはびくりとして振り返った。だがスサノヲは相変わらず寝息をたてている。

オオホゲツヒメは安堵《あんど》した。

(アマテラス様が自らの御髪《おぐし》を切り取ったときの夢でも見ているのかしら)

オオホゲツヒメは木箱を持ち上げ、五穀の種を手のひらに落とした。しばらく種を見つめていたが、やがて手を口に当て、その種をすべて飲み込んだ。

(これでもう葦原中国が穀物で満たされることはない)

オオホゲツヒメは震えながら眠りに就いた。

＊

船の動きが緩やかになった。

スサノヲは小窓から外を覗《のぞ》く。

「葦原中国が見えてきたぞ」

緑の山々と広々とした大地、そして青い大きな海が見える。

船は緩やかに大地に向かって降り始める。

大きな音をたて、大地にぶつかるように船は降り立った。

船が葦原中国に着いた。

オホゲツヒメとスサノヲは葦原中国の大地におり立った。

見渡す限りの平原である。

「これが葦原中国か」

スサノヲは満足げに言った。

「あなた様は淤能碁呂を追われたのですよ。寂しくはないのですか」

「なんの。淤能碁呂は広いとは言ってもこの葦原中国の比ではない」

スサノヲは辺りを見まわした。

「見ろ。見渡す限りの平原だ。果てしがない。俺には淤能碁呂よりこの葦原中国が合っているのかも知れぬ」

スサノヲは空を仰いで大気を吸っている。

「オホゲツヒメ。昨夜のことは許してくれ。俺はお前が好きになった」

「え」

「俺は愛《いと》しい女子《おなご》ができると見境がつかなくなる。それがたとえ自分の姉であっても。愛しい女子と交合いたいと思うのは俺の自然の気持ちだ。俺はこれからお前を一生大事にするつもりだ」

「何を言われます。昨夜、あのような酷《むご》い振る舞いをしておきながら」

「許してくれ」

「行こう」

スサノヲは頭を下げた。

「俺は考えるより先に躰《からだ》が動いてしまう。しかし決して悪意からやったことではない。あれは俺の本心だ。俺はお前が好きなのだ」

「その様な勝手なことを」

「許せ。俺はお前がたまらなく愛《いと》おしい。一生お前を大事にする。幸いこの淤能碁呂にお前は五穀の種を持ってきている。二人で豊かな暮らしができようぞ」

五穀の種という言葉を聞いてオホゲツヒメは顔をしかめた。

「どうした」

オホゲツヒメは答えない。

「どうしたのだ」

オホゲツヒメが返事に困っていると、スサノヲはなおも「言え」とオホゲツヒメに詰め寄った。

オホゲツヒメは意を決したように口を開いた。

「五穀の種はもうありません」

「なんだと。どういうことだ」

「わたしがすべて食べてしまいました」

「なに」

スサノヲの顔がとつぜん憤怒《ふんぬ》に歪《ゆが》んだ。

「なぜそのような事を。あの種だけがこの葦原中国での拠所《よりどころ》だったのだぞ」

スサノヲは吼《ほ》えた。

「昨夜のスサノヲ様の仕打ちに対する報復です」

「許せん」

スサノヲが腰の剣を抜いて振り上げた。

オホゲツヒメは正座をしてスサノヲの胸の辺りを眺めている。

スサノヲが剣を一閃《いっせん》させると、オホゲツヒメの首が飛んだ。

オホゲツヒメの首が地面に落ちる前に、スサノヲは剣を振り回す。オホゲツヒメの両腕が落ちる。

スサノヲはオホゲツヒメの胸を剣で刺す。オホゲツヒメは仰向けに倒れる。

オホゲツヒメの首はまだ宙を飛んでいる。

スサノヲはオホゲツヒメの両足を切り取る。

「スサノヲ様。他人《ひと》のために働いてください」

空中を飛ぶオホゲツヒメの顔が叫ぶように言った。

オホゲツヒメの首が地面に落ちた。首はころころと転がりスサノヲの足下で止まった。

オホゲツヒメの目はすでに閉じられていた。

五つに切断されたオホゲツヒメの躰が地面の上に投げ置かれている。

スサノヲの頭の中に、オホゲツヒメが空中で叫んだ言葉が渦巻いていた。

——他人《ひと》のために働いてください。

*

オホゲツヒメは命の最期にそう言った。

(俺は今まで、自分のことばかり考えていたというのか)

姉、アマテラスを愛するあまり、力尽くで犯してしまった。その次はオホゲツヒメを犯した。挙げ句の果てに殺してしまった。しかも躰をバラバラに切断して。

(俺は何という事をしてしまったのだ)

相手の気持ちというものを、まったく考えてはいなかった。

(自分のためでなく、他人のために働くのだ)

それがオホゲツヒメに対する供養になる。スサノヲはそう思った。

だが。

腹が減った。淤能碁呂を出てから何も食べていない。五穀の種はオホゲツヒメが食べてしまった。

スサノヲは地面に転がるオホゲツヒメの首を見つめた。

閉じられていたオホゲツヒメの両目が開いた。
スサノヲが顔を強ばらせると、オホゲツヒメの目から稲の芽が伸びてきた。
オホゲツヒメの耳からは粟の芽が出た。
鼻からは小豆、尻に大豆、陰部からは麦が芽生えてきた。
（これが五穀か）
オホゲツヒメは自らの躰を養分にして五穀を芽生えさせた。
（礼を言うぞ、オホゲツヒメ）
殺されてなおオホゲツヒメはスサノヲのために働いてくれた。
（俺も他人のために働くのだ）
スサノヲは強くそう思った。

十一、八俣《やまた》の大蛇《をろち》

スサノヲはオホゲツヒメの許《もと》で日を過ごした。

オホゲツヒメの躰《からだ》は乾涸《ひか》らびて朽ち果てたが、その躰から芽生えた五穀は、豊かな実りをもたらし、その種は葦原中国《あしはらのなかつくに》に広まった。

葦原中国には伊邪那岐《いざなき》と伊邪那美《いざなみ》の子孫たちが数多く暮らしていた。伊邪那美の呪《のろ》いにより、日に千人もの人が命を失ったが、伊邪那岐が日に千五百人の人を生み出していた。

高天原《たかまがはら》が形作られたとき、天之御中主神《あめのみなかぬしのかみ》、高御産巣日神《たかみむすひのかみ》、神産巣日神《かみむすひのかみ》の三神には形がなかったが、その三神から生まれた伊邪那岐、伊邪那美には躰が与えられた。そしてその伊邪那岐、伊邪那美の形を受け継いだ子孫たちがこの葦原中国を満たしているのだ。

伊邪那岐、伊邪那美の子であるアマテラス、ツクヨミ、スサノヲは大きな力を持っていたが、その下の子孫たちは、神の力を少しずつ失い、神から人へとその体質を変えつつあった。

（俺は旅立たなければならない）

スサノヲの心に、得体の知れぬ思いが沸き上がった。

（何者かが俺を呼んでいる）

その何者かは、凶々《まがまが》しい咆吼《ほうこう》をあげてスサノヲを呼んでいた。だが同時に、胸の奥に甘い思い出をも呼び起こすようなささやきも秘めていた。

スサノヲは居ても立ってもいられなくなった。

（旅立ちの時が来た）

スサノヲは十拳剣《とつかのつるぎ》を腰に差すと、何かに突き動かされるように棲《す》み慣れたオホゲツヒメの許を立ち去った。

＊

スサノヲの足は出雲《いづも》へ向かった。

当てがあるわけではない。ただ、心の中に呼びかける声に従って歩いたまでだ。

（胸騒ぎがする）

スサノヲは今まで、恐怖という感情を心の内に抱いたことがなかった。だが今は、心に呼びかけてくる声の主に恐ろしさを感じていた。

（この声は何だろう）

スサノヲ、と声は心に呼びかけてくる。

（なぜ俺を呼ぶのだ）

スサノヲは声に導かれて歩き続けた。だが、どこまで歩いても人の気配がしない。辺りは暗くなってきた。

（どこかで宿を借りたいものだが）

草原からいつの間にか森に迷い込んでいた。

辺りはますます暗くなる。

（人のいるところを探さなくては）

スサノヲは森の中をさまよい歩いた。

どこかで水が流れる音がする。スサノヲは音に向かって歩き出した。

やがてスサノヲは川に行き当たった。喉《のど》が渇いたスサノヲは、その川の水を両手で掬《すく》って飲もうとした。

手のひらに箸《はし》が流れてきた。

（箸か。ということは、この川上には人が住んでいるに違いない）

スサノヲは水を飲んで喉の渇きを癒《いや》すと、川上に向かって力強く歩き出した。

森は山となり木々はますます生い茂る。

川はだんだんと細くなり、流れは激しくなる。

辺りはますます暗くなったが、スサノヲの目は爛々《らんらん》と燃えさかって辺りを見まわしている。

小屋が見えた。

スサノヲは小屋まで山をかけ登った。

小屋に着くと、その辺りは平地になっていて、小屋の向こうにさらに家々が見えた。

スサノヲは家々を見ながら小屋の戸を叩《たた》いた。だが返事はない。

「おい、開けてくれ。俺は淤能碁呂《おのごろ》からやってきたスサノヲノミコトというものだ」

やはり返事がない。

（おかしい。中には人がいる気配がするのに）

スサノヲは引戸を開けようとするが、中からつっかえ棒がかけられているのか、開けることができない。

スサノヲは小屋を離れその奥に点在する家々を廻《まわ》った。だが、どの家も、スサノヲの呼びかけに答えようとせず、どの家の戸にもつっかえ棒がかけられていた。

スサノヲは途方に暮れた。呼びかけに答えぬ家々を眺め回す。

ひときわ大きな家が目に入った。

スサノヲはその家まで行き呼びかけた。

やはり返事はない。スサノヲはきびすを返す。だが、この集落の家々はすべて門を叩いた。もう訪ねる家はない。

スサノヲは振り返り、もう一度大きな家の門を叩いた。

同じことだ。返事はない。

（帰るしかないのか）

スサノヲは引戸を引いてみた。

引戸はがらがらと開いた。

スサノヲは家の中に足を踏み入れた。

間仕切りの向こうで女子《おなご》の泣き声が聞こえる。

スサノヲは板敷きの間に上がり込み、間仕切りを押し開けた。

若い女性と、年老いた翁《おきな》、嫗《おうな》が囲炉裏端で坐《すわ》っていた。

若い女性は、歳《とし》は十七ぐらいだろう。長い髪を真ん中で分け、それぞれ途中で縛っている。丸く大きな目がよく目立つが、その目に涙を溜《た》めている。

「あなた様はどなたです」

翁がスサノヲに尋ねた。臼《うす》のように四角い顔をしているが、その眼《め》はやはり丸く大きかった。躰《からだ》は小柄で、おどおどとした態度でスサノヲを見上げた。

「俺はスサノヲノミコトという者だ」

「スサノヲ様……」

「お前たちの名は何という」

「へえ。わしはアシナヅチ。若い頃は足が丈夫でしたのでこの名があります。妻の名はテナヅチと申します。手先が器用なのでこの名になりました」

テナヅチはお辞儀をした。テナヅチはやはり小柄で、同じように四角い顔をしているが、アシナヅチよりもふくよかさを感じさせた。

「娘の名はクシナダ姫と申します」

「クシナダ姫……」

「黒髪が見事なので櫛《くし》の名をつけました」

スサノヲはクシナダ姫の美しさに目を奪われた。クシナダ姫は涙を溜めた大きな瞳《ひとみ》でスサノヲを見つめた。

「なぜ泣いている」

スサノヲが尋ねると、テナヅチが顔を伏せて一段と大きな泣き声をあげた。

「どうしたのだ」

「わしらの娘は、もとは八人おったのです」

アシナヅチが震える声で言った。

「でも、ヤマタノヲロチが」

「ヤマタノヲロチ……」

「はい」

「それは何者だ」

「恐ろしい怪物《もののけ》でございます」

「怪物……」

クシナダ姫は顔を伏せた。テナヅチはその器用な手で頭を抱えて泣き崩れた。

「ヤマタノヲロチが、わしらの大事な娘を喰《く》ってしまったのです」

「なんだと」

「今年もまた、その怪物がやってくる季節となりましたので、こうして泣いているのです」

クシナダ姫、アシナヅチ、テナヅチは泣き崩れた。

「その怪物はどんな形をしているのだ」

「その目は酸漿《ほおずき》のように真っ赤です」

「ほう」

「胴体ひとつに、八つの頭を持っています」

「八つの頭だと」

「はい。見るからに恐ろしげな顔をしています。体には木々が生茂り、その長さは八つの谷、八つの峰におよびます」

「まさかそのような」

「本当でございます。そしてその体は、黄金でできているかのような、邪悪な光を発しています」

スサノヲは言葉が出なかった。そのような恐ろしげな怪物がこの葦原中国にいるというのか。

「スサノヲ様」

クシナダ姫がスサノヲににじり寄った。

「スサノヲ様。わたくしを抱いてくださいませ」

「なに」

「わたくしはまだ男を知りませぬ。そして明日にもヤマタノヲロチに喰われて一生を終える身。せめて死ぬ前に、夫婦の契《ちぎ》りを味わいとう思います」

クシナダ姫の大きな目がスサノヲに迫った。

「待て」

「抱いてはくださらないのですか」

スサノヲはクシナダ姫の大きな瞳を見つめた。

（この姫の命を救いたいものだ）

だが、そのためには恐ろしげな怪物を退治しなければならぬ。いくら稀代の乱暴者のスサノヲとて、ヤマタノヲロチのような恐ろしげな怪物に立ち向かうことは死を意味するだろう。

（せめて一夜限りの契りを結ぶか）

スサノヲはクシナダ姫の膝《ひざ》に手を乗せた。

オホゲツヒメの顔が浮かんだ。

――他人《ひと》のために働いてください。

スサノヲは手の動きを止めた。

（他人のために働けか）

そうだ。俺は他人のために働くと誓いをたてたではないか。

スサノヲはヤマタノヲロチの恐ろしげな風体を想《おも》った。

(俺は伊邪那岐の子だ。俺は神なのだ)

スサノヲはクシナダ姫の手を握った。

「スサノヲ様」

「では」

「クシナダ姫。お前は美しい。俺は、お前をたまらなく愛《いと》おしいと思った」

「一夜限りとは言わぬ。一生夫婦《めおと》の契りを結ぼうではないか」

「一生ですって」

「うむ」

「わたくしをからかうのですか」

「そうではない」

「スサノヲ様」

アシナヅチが声をかける。

「娘は明日にでもヤマタノヲロチに喰われる身。この先の暮らしはございませぬ」

「お前はそれでよいのか」

アシナヅチはスサノヲの言葉にすぐには返事ができなかった。

「よいわけはございませぬ。わしらはもう七人もの娘をヤマタノヲロチに喰われているのでございます。それがどれほど哀《かな》しいことか」

「では俺がその哀しみの鎖を断ち切ってやろう」

「哀しみの鎖を……。それは一体どのようなことでございますか」

「俺がヤマタノヲロチを退治してやろうというのだ」

「なんですと」

泣き伏せていたテナヅチが頭を上げた。

スサノヲは握っていたクシナダ姫の手を離した。

「俺は腕にはいささか自信がある」

「ご無理はなさいますな」

アシナヅチは首を左右に振りながら言った。

「いくら腕に自信ありと仰《おつしや》られても、しょせんあの怪物には敵《かな》いませぬ」

「お前は俺の力を知らんのだ」

「たとえどのような力の持ち主であれ、ヤマタノヲロチの敵ではございませぬ」

「俺には十拳剣がある」

スサノヲは腰の剣に手を当てる。

「それにな、なぜか俺はそのヤマタノヲロチに引き寄せられたようなのだ」

「はて。ヤマタノヲロチに引き寄せられたとは」

「何者かが俺を呼んだのだ。俺はこの地に偶然やってきたのではない」

「ヤマタノヲロチに引き寄せられたと仰るのですか」

「そうだ」

「そのような事があるものでしょうか」

「判《わか》らぬ。しかし俺を呼ぶ声がしたのはたしかなこと」

「ヤマタノヲロチのような怪物がなぜスサノヲ様をお呼びになるのです」

「判らぬ。判らぬが」

スサノヲは言葉を切った。

「俺はやらなければならぬのだ」

スサノヲはアシナヅチを見つめた。

「お任せいたしましょう」

アシナヅチはスサノヲに平伏した。それを見たテナヅチが慌てて頭を下げる。

スサノヲはクシナダ姫を見た。クシナダ姫はスサノヲを見つめ返す。

「わたくしを助けてくれるのですか」

スサノヲは頷《うなず》く。

「必ずヤマタノヲロチを退治してください。そしてわたくしを抱いてください」

クシナダ姫は頭を下げた。

＊

クシナダ姫は奥の部屋で機《はた》を織っていた。

「何を作るのだ」

「あなた様の簑《みの》でございます」

クシナダ姫は熱心に手と足を動かしている。

スサノヲは部屋を出て囲炉裏端に坐った。アシナヅチとテナヅチがすでに坐って待っている。

「よいかアシナヅチ。この村中の酒を集めるのだ」

「酒でございますか」

「そうだ。それも幾度も繰返し醸《かも》して造った濃い酒がよい」

「かしこまりました」

「またこの村を垣で囲め」

「はい」

「そしてその垣に、八つの門を造るのだ」

「八つの門でございますな」

「そうだ。そして八つの門ごとに八つの桟敷《さじき》を造り、その桟敷ごとに酒槽《さかおけ》を置くのだ」

アシナヅチは頷いている。

「その酒槽ごとに濃い酒を満たし、ヤマタノヲロチを待ち受けるのだ」

スサノヲは考え抜いた策を授け終わると、胸の内に密《ひそ》かな自信が沸き上がるのを感じた。

＊

村人たちが総出で垣を張り巡らしている。

スサノヲはクシナダ姫と並んでその様子を眺めていた。

「頼もしいではないか。村人たちはよく働く」

スサノヲはクシナダ姫が織り上げた簑を背中にくくりつけた。

「この簑には不思議な力があるように思われる」

「わたくしがあなた様のご無事を祈って織り上げたものです。その思いが糸の一本一本に込められているのです」

「百人力だな」

スサノヲがクシナダ姫を見つめた。

空はどんよりと曇っていた。

「スサノヲ様」

アシナヅチが達者な足取りでスサノヲの許に来た。

「垣を張り終えました」

家々からは遥《はる》かに離れた場所に垣は造られた。その八つの門の八つの桟敷になみなみと酒を入れた樽《たる》が置かれた。

遠くで地鳴りのような音がしている。

クシナダ姫の躰が自然に震え出す。

「どうした」

「やってきます」

スサノヲは空を見上げた。

「凶々しい怪物が、すぐそこまで来ています」

「ヲロチか」

クシナダ姫は頷いた。

「家に戻っていろ」

クシナダ姫はスサノヲの腕を掴《つか》んだ。

「お前も、アシナヅチもテナヅチも、村人たちも。みんな家に戻るがよい」

「あなた様は」

「案ずるな。俺は伊邪那岐と伊邪那美の子。負けはせぬ」

アシナヅチが頷く。

「ささ、娘よ。家に戻っていようぞ」

クシナダ姫はまだスサノヲを見つめている。

嫌な音が続いている。地の底から沸き上がるような重く響く音だった。クシナダ姫は思わず両耳を塞《ふさ》いだ。

「ヲロチは酒を呑《の》むでしょうか」

「判らぬ。だが酒を呑んで酔わしてしまえばこっちのものだ」

クシナダ姫は頷いた。

「さあ、行け」

クシナダ姫は後ろを振り返りながら家に戻った。

スサノヲは山を見上げた。

目の前に迫る山が、大音響と共に爆発した。

空一面が黒いもので覆われた。

その黒い巨大なものが凄《すさ》まじい叫び声をあげて突風を巻き起こした。

ヤマタノヲロチだ。

八つの巨大な頭《かしら》がそれぞれ長く鋭い牙《きば》を生やした口を開け、炎のような舌を荒れ狂う波のように動かしていた。

目は真っ赤に爛《ただ》れて、その翼は陽《ひ》の光を遮《さえぎ》り、辺りを暗くした。

八つの首がスサノヲに迫った。

スサノヲは避けようとするが、首は驚くほどの速さでスサノヲに迫る。

首の一つが八つの酒槽を右から左に薙《な》ぎ払った。

酒槽は一つ残らず木っ端微塵《みじん》に砕け散った。

スサノヲはヤマタノヲロチが、人の智恵《ちえ》など通じない化け物であることを悟った。

クシナダ姫は家の中からヤマタノヲロチを見ていた。

今年のヤマタノヲロチは以前にも増して凶暴に荒れ狂っている。
（このままではスサノヲ様はヤマタノヲロチに叩《たた》き潰《つぶ》されてしまう）
それどころか家も、山さえも破壊されてしまうだろう。
（ヤマタノヲロチを鎮めることができるのはわたししかいない）
わたしがヤマタノヲロチに喰われればよいのだ。
クシナダ姫は自らヤマタノヲロチに喫《く》われることを心に決めた。
頭の一つがスサノヲを襲った。
スサノヲは右へ跳んで避けた。
避けたところへ別の頭が牙を剝《む》いて襲いかかった。
スサノヲは空高く弾《はじ》き飛ばされた。
スサノヲの躰から鮮血が飛び散る。
スサノヲを喫おうと空中のスサノヲめがけてヲロチが首を伸ばした。
（このままでは喫われる）
スサノヲは十拳剣を鞘《さや》から抜いた。
空中で躰をひねり体勢を立て直した。
（躰が思うように動く）
もしかしたらクシナダ姫が縫ってくれたこの簑の力が働いているのかも知れない。
ヤマタノヲロチの巨大な頭がスサノヲに迫る。頭は咆吼をあげながら口をがばと開き、牙を剝きだした。

スサノヲは十拳剣を一閃させた。

ヤマタノヲロチの頭が縦に真二つに裂けた。

スサノヲはさらに空中高く舞い上がった。

背中の簑がはためいている。

スサノヲは長いこと宙に浮かんでいた。

「スサノヲ様」

クシナダ姫がスサノヲを見つめながら呟《つぶや》く。

スサノヲはヤマタノヲロチの頭の一つにふわりと舞い降りた。

別の頭がすぐさまスサノヲめがけて襲いかかる。

スサノヲはヤマタノヲロチの頭から首を駆けめぐり、ヤマタノヲロチの攻撃を躱《かわ》す。だが、避けたところに、もう一つの首が唸《うな》り声をあげて襲いかかった。

ヤマタノヲロチの牙がスサノヲの腕の肉を切り裂く。

スサノヲは血が流れる腕で十拳剣を握りしめた。

(十拳剣よ。俺を守ってくれ)

ヤマタノヲロチの大きな口が牙を剝いてスサノヲに迫る。

スサノヲは渾身《こんしん》の力でヤマタノヲロチに向かい十拳剣を振り下ろした。

ヲロチの首が飛んだ。

どす黒い血が空中高くほとばしる。

一つの首を切り落とされたヲロチは、叫び声をあげていっそう激しく暴れ出した。

その翼から湧《わ》き起こる暴風で山の杉や檜《ひのき》が根こそぎ吹き飛ばされた。

首はまだ七つ残っている。

——殺してやる。

スサノヲの心の中に声が響いた。

（誰だ）

——殺してやる。

ヤマタノヲロチの目がスサノヲを見つめる。

ヤマタノヲロチの首がスサノヲを襲う。

（お前か）

スサノヲは嚢の力で風に抗《あらが》いヤマタノヲロチの背中を飛び回り、ふたたびヲロチの首めがけて十拳剣を振り下ろした。

二つ目の首が飛んだ。

ヤマタノヲロチはのたうちまわる。

スサノヲもヤマタノヲロチの背中の上で躰をふらつかせる。

クシナダ姫は両手を胸の前で握りしめてスサノヲを見守る。

スサノヲはヤマタノヲロチの背中をふらつく躰で飛び回り、ヲロチの攻撃をかわしては剣を振り下ろした。

三つ目の首が飛び、四つ目の首が飛んだ。

「スサノヲ様。あと一息です」

スサノヲはヲロチの上で剣を振り続ける。だがその闘争心に満ちた顔は、血の気が失せて蒼白《そうはく》になっている。

ヲロチが躰を大きくうねらせた。

スサノヲが宙高く放《ほう》り投げられる。

「スサノヲ様」

クシナダ姫が叫ぶ。

スサノヲは空中で体勢を立て直した。

剣を構える。すでに肉はヲロチの牙に裂かれ、躰は疲れ切っていた。

ヲロチの目はまだ爛々《らんらん》と燃えさかっている。

スサノヲは気力を振り絞り、大声をあげながらヲロチに斬《き》りかかった。

五つ目の首が飛んだ。

残ったヲロチの首の一つがスサノヲに襲いかかる。スサノヲは剣を構えるが、すでにその腕に力はない。ヲロチの大きく開けた口がスサノヲに迫る。

スサノヲは剣を下ろしヲロチの牙を避けた。牙はスサノヲの蓑を切り裂いた。
スサノヲはヲロチの背中から落下した。
全身を地に強く打ち動けなくなる。
ヲロチが凄まじい叫び声をあげ、口から炎のような舌を出した。
「スサノヲ様」
クシナダ姫は家を飛び出した。
ヲロチが翼を羽ばたかせた。
突風が吹き起こり、クシナダ姫は飛ばされ家の塀に叩きつけられた。
スサノヲは倒れたまま剣を胸に構えた。
ヲロチが吼《ほ》えた。
強く羽ばたく。
スサノヲは吹き飛ばされ、クシナダ姫にぶつかった。
風はますます強く、スサノヲ、クシナダ姫、そして村の木々、家々に吹きつける。
(もうだめだわ)
クシナダ姫は意識が遠のくのを感じた。
ヲロチは自らの首から血を撒《ま》き散らしている。
風の向きが変わった。
風は高いところから吹きつけてくる。

クシナダ姫は強い風に吹きつけられながら、必死になって目を開けた。

ヲロチの躰が宙に浮いているのが見える。

ヲロチが巻き起こす風は一段と強くクシナダ姫を攻め立てる。

（ああ）

息ができない。

ヲロチの躰が宙高く舞い上がった。

風が少し弱まった。

ヲロチは宙に浮かんだまま赤く輝く目でクシナダ姫を睨《にら》んだ。クシナダ姫は身をすくめる。ヲロチは別の首ではスサノヲを睨んでいる。

ヲロチは躰の向きを変えた。

大きな翼を羽ばたかせる。

ヤマタノヲロチが飛び去っていく。

（ヲロチが逃げていく）

クシナダ姫は不思議なものを見るような目で空の彼方へと飛び去っていくヤマタノヲロチを見つめた。

風が止《や》んだ。

スサノヲもクシナダ姫も叩きつけられた家の塀から、地に倒れ込んだ。倒れたまま動けない。スサノヲの手から剣が転がる。

家の中からアシナヅチとテナヅチの老夫婦が出てきた。

クシナダ姫が地に倒れながら呻《うめ》いている。

老夫婦はクシナダ姫の許《もと》に走り寄る。

「クシナダ姫。大丈夫かい」

クシナダ姫は頷いた。起きあがろうとしてアシナヅチに支えられる。

「スサノヲ様」

スサノヲは自力で起きあがっていた。

家の前の広場には切り落とされたヤマタノヲロチの巨大な頭部がいくつも落ちている。

「スサノヲ様。ありがとうございます。ヤマタノヲロチは首をいくつも切り落とされ、逃げ帰りました」

スサノヲは安堵の息を洩らした。

「あなた様はまさに戦いの神。あの怪物をうち負かされました」

「なんの。ヤマタノヲロチをうち負かしたのは俺だけではない。この十拳剣の力と、クシナダ姫が織ってくれた蓑のお陰だ」

スサノヲはクシナダ姫を見つめる。

「そのお言葉、もったいのうございます」

クシナダ姫は頭を下げる。

「だが、どうも不思議だ」

スサノヲが呟いた。

「何が不思議なのでございます」

クシナダ姫がスサノヲに尋ねる。

「ヤマタノヲロチは、俺の心に呼びかけてきた」

「スサノヲ様のお心に」

「そうだ」

テナヅチが家から水を入れた桶《おけ》と手拭《てぬぐ》いを持ってきてクシナダ姫に渡した。クシナダ姫は手拭いを水に浸し、スサノヲの血に塗《まみ》れた躰を拭いていく。

「ヤマタノヲロチはきっと不思議な力を持っているのでございましょう」

「だが、ヲロチはたしかに俺に向かい〝殺してやる〟と言ったのだ」

「殺してやる……」

「そうだ」

「ヲロチもスサノヲ様の強さを感じていたのではないでしょうか」

「そうではない。あれは、まるで最初から俺を恨んでいるような感じだった」

「最初からスサノヲ様を恨んでいたのですか」

「そうだ」

「でも、ヤマタノヲロチがスサノヲ様を知ったのは今日が初めて」

「俺とてヤマタノオロチを見たのは初めてだ。だが、向こうは俺を知っていたのだ」

「まさかそのような事が」

「そればかりではない。もしかすると、ヤマタノヲロチは最初から俺をおびき寄せるつもりでこの村を襲ったのかも知れぬ」

「なんですって」

クシナダ姫は驚いた。アシナヅチもテナヅチも、スサノヲの言葉におろおろするばかりだ。

スサノヲは考え込んでいる。

「ヤマタノヲロチとは何者なのだ」

「スサノヲ様のお言葉は、わしらにはどうもよく判らねえです」

アシナヅチが言う。

スサノヲは十拳剣を拾った。落ちているヤマタノヲロチの頭の一つに歩み寄る。クシナダ姫もスサノヲの後を追う。スサノヲは頭の一つを見下ろす。クシナダ姫は、違う頭に歩み寄る。クシナダ姫が目を閉じた頭に近づいた時、ヤマタノヲロチの目が開いた。クシナダ姫は息を止めた。

ヤマタノヲロチの頭は大きな口を開いてクシナダ姫に襲いかかった。

クシナダ姫が短い叫び声をあげる。だがヤマタノヲロチの口に飲み込まれ、叫び声は途絶えた。

スサノヲは振り返り地を蹴《け》ってヤマタノヲロチの頭に斬りつけた。

ヤマタノヲロチの頭から血飛沫《しぶき》が吹き上がる。

ヤマタノヲロチは断末魔の咆吼をあげると口を大きく開いた。スサノヲはその口に十拳剣を立て、クシナダ姫に手を伸ばす。

目を閉じてぐったりとしたクシナダ姫がヤマタノヲロチの口から引きずり出される。

アシナヅチとテナヅチが駆け寄る。

スサノヲはクシナダ姫を地に寝かせるとヤマタノヲロチの頭を十拳剣でずたずたに切り裂いた。

「なんと恐ろしい怪物でしょう」

テナヅチがクシナダ姫を抱きしめながら言う。クシナダ姫は少しずつ息を吹き返していく。

「スサノヲ様……」

クシナダ姫が目を開ける。

「クシナダ姫」

スサノヲは剣を下ろし、クシナダ姫を見つめる。

「安心するがよい。ヤマタノヲロチはもう息絶えた」

クシナダ姫は横になったまま頷こうとする。

「ヤマタノヲロチの正体が判った」

スサノヲが呟くように言った。

「ヤマタノヲロチの……」

スサノヲが頷く。

「教えてください。ヤマタノヲロチとは何者なのです」

「これを見ろ」

スサノヲはずたずたに切り裂いたヤマタノヲロチの首の中から、一本の剣を取りだした。

「それは」

「草薙《くさなぎ》の剣だ」

「草薙の剣……」

スサノヲはその剣を高く掲げる。

「この剣は俺の父親の持物だ」

「伊邪那岐様の」

「そうだ」

「伊邪那岐様の剣がどうしてヤマタノヲロチという恐ろしい怪物の首の中から出てきたのですか」

「それはな」

スサノヲは少し哀しそうな顔をした。

「まだこの世の中が混沌《こんとん》としていた時代《ころ》の話だ」

クシナダ姫がテナヅチに支えられて躰を起こす。

「俺の父親と母親は、伊邪那岐と伊邪那美という」

「存じています」

「この二神が、万物の祖なのだ。この二神が高天原に生まれ、淤能碁呂《おのごろ》を造り、この葦原中国に人を満たした」

「はい」

「だが、伊邪那岐と伊邪那美が最初に造ったものは水蛭子《ひるこ》だった」

「水蛭子……」

「そうだ。伊邪那岐は我が子であるその水蛭子を剣で殺した」

クシナダ姫が息を呑む。

「だが、伊邪那美は我が子を殺すのに忍びなく、そっと水蛭子を高天原の彼方へと宙を浮かぶ船で流した」

「まさかその流された水蛭子が」

「伊邪那岐は水蛭子を草薙の剣で殺したのだ」

スサノヲは手にした草薙の剣をクシナダ姫に示した。

「その草薙の剣がヤマタノヲロチの首の中から出てきたのだ」

「それではヤマタノヲロチとは」

「伊邪那岐と伊邪那美の最初の子、水蛭子が草薙の剣の霊力により成長した姿だ」

スサノヲは草薙の剣を地に刺した。

「俺の兄者だ」

　スサノヲは呟くように言った。

「まさかあの怪物がスサノヲ様のご兄者とは」

「間違いない。ヤマタノヲロチは、父親に殺されようとした怨《うら》みを、俺を呼び寄せ、俺にぶつけたのだ」

　クシナダ姫は胸の前で両腕を抱き合わせる。

「俺はヤマタノヲロチの正体を知って、初めて他者を思いやる気持ちを持てたように思う」

　スサノヲの顔から険しさが薄れている。

「スサノヲ様。約束通り、わたくしと夫婦《めおと》になってくださいまし」

「俺でよいのか」

　クシナダ姫が頷く。

「ではこの地に新居を構えよう」

　スサノヲが晴れやかに言う。

「スサノヲ様」

　クシナダ姫がスサノヲに寄り添う。

「清々《すがすが》しい気持ちだ。この出雲の地を須賀《すが》と名づけよう」

　スサノヲは山頂を見上げた。

「見ろ。雲が立ち上《のぼ》っていく」
　スサノヲは湧《わ》き上がる雲を見ながら歌を詠《よ》んだ。
――八《や》雲《くも》立つ　出雲八《や》重《へ》垣《がき》　妻ごみに
　八重垣作る　その八重垣を
「垣はヲロチに壊されてしまったが、また作ろうではないか」
「はい」
　スサノヲは寄り添うクシナダ姫を強く抱きしめた。

十二、須佐之男命の神裔《しんえい》

淤能碁呂《おのごろ》に生まれた神々のうち、多くのものが宙を流れる船により葦原中国《あしはらのなかつくに》に移住した。

神々は永い年月のうちに、気の流れを操る能力《ちから》を失っていった。

神々は〝人〟になった。

葦原中国は日毎に人の数が増えている。

伊邪那美《いざなみ》の霊力のせいで日に千人もの人が死んでいるが、伊邪那岐《いざなき》の霊力で日に千五百人もの人が生まれているのだ。

スサノヲとクシナダ姫も日毎交合《まぐわ》い続けた。

長い年月を、毎日毎日、交合い続けた。

ふたりの子どもたちは神としての気を操る能力を失わずにいた。

ヤマタノヲロチに勝《まさ》るほどのスサノヲの強い能力は、年月が過ぎようとも衰えはしなかったのだ。

（この世の初めには何があったのだろう）

クシナダ姫の裸を見つめながらスサノヲは考え事をした。

朝餉《あさげ》を食べ終えるとクシナダ姫は衣服を脱いだ。

その胸はアマテラスにも引けを取らぬほど豊かに膨らんでいる。

腰はくびれ、その下には長く綺麗《きれい》な足が伸びている。

クシナダ姫は全裸になって、その丸い大きな目でスサノヲを見つめている。

(高天原《たかまがはら》には、原初、何者も存在しなかった)

スサノヲも衣服を脱ぎ捨てる。

(何もない高天原に、突如としてわれらの祖神、高御産巣日神《たかみむすひのかみ》、神産巣日神《かみむすひのかみ》がお生まれになった)

クシナダ姫が両手をスサノヲに伸ばす。

(続いて天之御中主神《あめのみなかぬしのかみ》がお生まれになった。この三神がわれらの祖神なのだ)

クシナダ姫はスサノヲの両肩を摑《つか》むと、顔を近づけ、スサノヲの唇を吸った。

(次に俺の親である伊邪那美、伊邪那岐が生まれた)

クシナダ姫が褥《しとね》に仰向けに横たわる。

(伊邪那岐は草薙《くさなぎ》の剣《つるぎ》の不思議な力によって淤能碁呂を造りあげた)

スサノヲは横たわるクシナダ姫に覆いかぶさる。

(淤能碁呂とは、広大な土地に惑わされてはいるが、所詮《しょせん》は作り物なのだ)

その淤能碁呂から、伊邪那岐は霊力を葦原中国に送り続け、人を増やし続けている。

(葦原中国はいまだに伊邪那岐に支配されている。いや、見守られているというべきか)

スサノヲはクシナダ姫の豊かな胸を掴む。クシナダ姫は歓喜の吐息を漏らす。

（それにしても判《わか》らぬのは黄泉国《よみのくに》だ）

黄泉国はいったいどこにあるのだろう。

（伊邪那岐はこの葦原中国から、母君のいる黄泉国に向かったという）

では、黄泉国はこの葦原中国にあるのか。だが、黄泉国に行くには、黄泉比良坂《よもつひらさか》という巨大な崖《がけ》を登らなくてはならぬという。

（その崖には、何か特別な霊力が働いているのではないか）

そうでなければ、死者が棲《す》むという黄泉国に地続きで行けるわけがない。

スサノヲに胸を吸われたクシナダ姫が、喘《あえ》ぎながら言う。

「ああ、スサノヲ様」

スサノヲはクシナダ姫を貫いた。クシナダ姫は声をあげて躰をのけ反らす。

（もしかしたら黄泉国とは、この女陰《ほと》の奥にあるのかも知れぬ）

スサノヲは己《おのれ》をクシナダ姫の女陰の奥深くに突き刺した。

（愚かな考えだ）

スサノヲは自分の考えに苦笑した。

スサノヲとクシナダ姫は沢山の子を産んだ。

最初に産んだ子はヤシマジヌミノ神だった。

二人は次々に子を産み続けた。

最後に産んだ子は、綺麗で鋭い目つきをしたスセリ姫という女神だった。

最初に生まれたヤシマジヌミノ神が、コノハナチル姫と交合ってできた子がフハノモヂクヌスヌノ神である。

フハノモヂクヌスヌノ神が、ヒカハ姫と交合ってできた子が、フカフチノミヅヤレハナノ神である。

フカフチノミヅヤレハナノ神がアメノツドヘチネノ神と交合ってできた子がオミヅヌノ神である。

オミヅヌノ神がフテミミノ神と交合ってできた子がアメノフユキヌノ神である。

アメノフユキヌノ神が、サシクニワカ姫と交合ってできた子が、オホナムヂノ神である。

オホナムヂノ神は、別の名を、大国主神《おほくにぬしの》といった。

十三、因幡《いなば》の白兎《しろうさぎ》

オホナムヂには大勢の兄弟がいた。

多くの兄弟たちは荒々しく、祖先であるスサノヲの血を色濃く受け継いでいた。だが、オホナムヂだけは荒々しさが乏しく、スサノヲの心の奥底にある優しい部分を受け継いでいた。

兄も弟も、優しさを秘めたオホナムヂを莫迦《ばか》にしていた。

「おいみんな」

いちばん上の兄が言った。

「南の果てのイナバという処《ところ》に、たいそう美しい姫がいるというではないか」

「知っている。紫の髪を持つヤガミ姫のことであろう」

「紫の髪……」

「そうだ。その髪はどんな花よりも美しい光を放っているという」

「その姫をなんとか后《きさき》に迎えたいものだ」

兄弟たちは頷《うなず》きあった。

「どれ、みんなしてイナバに出かけようではないか。そしてヤガミ姫に求婚するのだ」

「うむ。それがいい。ヤガミ姫が誰を選ぶか、見物《みもの》だぞ」

兄弟たちは言葉を弾《はず》ませた。

「兄弟たちよ」

オホナムヂが凜《りん》とした声で言った。

「私もイナバに連れていっておくれ」

「お前がイナバにだと」

兄弟たちはオホナムヂの言葉に大笑いした。

「お前がヤガミ姫に求婚するだと」

兄弟たちの笑いは収まらない。

「闘いを好まぬお前に用はない。女子《おなご》は強い男に惹《ひ》かれるものだ」

年長の兄が言う。

「私もそろそろ后が欲しいのです」

「だめだオホナムヂ。お前はここで待っていろ」

「兄者」

年長の兄はオホナムヂの言葉を聞こうとしなかった。

「兄上。オホナムヂを連れていったらどうです」

いちばん年下の弟が言った。

オホナムヂは顔を輝かせた。

「イナバに行くとなったら色々と荷物がいるでしょう。その荷物をオホナムヂに運ばせたらいいではないですか」

オホナムヂは年少の弟の言葉に顔を曇らせた。

「なるほど」

年長の兄は年少の弟の言葉ににやりと笑みを浮かべた。

「よし。オホナムヂ。われらについて来い」

兄弟たちの荷物を持つのは嫌だったが、イナバに行くにはそうするしかない。オホナムヂは仕方なく荷物持ちの役を受け入れた。

オホナムヂの兄弟は全部で八人いた。八人が南方のイナバに向けて旅立った。

一行は何日も旅をした。

気候はどんどんと暖かくなる。

空の青色が濃くなっていく。

生えている木も見慣れぬものが多くなった。

時には一行は海を渡った。

その間、オホナムヂは一人で残りの兄弟たちの荷物を背負い続けた。

オホナムヂの背中の皮はむけ、手はまめだらけになった。

「兄者。少し休ませてくれませんか。背中の皮はむけ、手はまめだらけ、足はむくんでしまいました」

「だらしのない奴だ」

年長の兄は舌打ちをした。

「お前を待っているほど俺たちは暇ではない。先に行ってるから後から荷物を背負ってこい」

一行はオオナムヂをおいて歩いていった。

*

オホナムヂを除く一行はまた大きな河の畔《ほとり》にたどり着いた。

「兄上。ここはどこですか」

「この河を渡ればヤガミ姫はもうすぐだ」

辺りは鬱蒼《うっそう》と木々が生茂っている。

「兄上。あそこをご覧ください」

年少の弟が指さす方を見ると、毛をむしられ、体中傷だらけになったウサギが土の上に横たわっていた。

「面白いものが転がっているな」

兄弟たちは傷だらけのウサギの許《もと》に歩み寄った。

ウサギはうっすらと目を開けた。

――北方から来た神々よ。どうかわたしを助けてください。

ウサギの口は動いていない。スサノヲの子孫である神々が、いまだにスサノヲの霊力を受け継いでいるためにウサギの心を感知できるのだ。

「お前はどうして毛をむしられ傷だらけになったのだ」

――わたしはもともと沖の島にいました。でもこの南の島に渡りたいと思ったのです。

ウサギは息も絶え絶えに神々に訴えかける。

――でも、私は泳げません。この大きな河を渡る方法がないのです。そこで、この河に棲《す》む鰐《わに》を騙《だま》すことにしたのです。

「鰐とは何だ」

――恐ろしい生き物です。河に棲む四つ足の生き物。その体はトカゲに似ていますが、大きさは人よりも大きいのです。その口は大きく裂け、牙《きば》のような歯が並んでいます。その口に挟まれたら胴体は食いちぎられ、また尻尾に打たれたら骨は砕け、ひとたまりもありません。

神々は顔を見合わせた。

「お前はそのような恐ろしい生き物を騙したのか」

——はい。鰐は恐ろしい生き物ですが、決して利口な生き物ではありません。わたしはそんな鰐を心のどこかで莫迦にしていたのです。それにわたしは、どうしても河を渡りたかったのです。

「いったいお前はどのようにして鰐を騙したのだ」

——わたしは鰐にこう言いました。「わたしとお前とくらべて、どちらが同族《うから》が多いか数えてみたい。それでお前は鰐一族を、ありったけ全部連れてきて、この島から向こうの島まで、みな一列に並んで伏していろ。そうしたら、わたしがその上を踏んで、走りながら数えて渡ることにしよう。そうしてお前たちの族《うから》と、わたしたちの族の、どちらが多いか数えることにしよう」

「ふん。面白いではないか」

——ですが、わたしは鰐の橋を渡り終わる寸前に、気を緩めて話してしまったのです。わたしには同族を連れて来るつもりなどないことを。

ウサギは呻《うめ》きながら話している。

――わたしは河を渡り終わる寸前、鰐にこう言いました。「同族など連れて来るものか。わたしはただこの河を渡りたかっただけだ。お前たちは利口なわたしに騙されたのだよ」。そう言った途端、いちばん端の鰐がわたしに襲いかかったのです。

　ウサギは倒れながら身震いをした。

――わたしは鰐の口に喰《く》われそうになりました。わたしは必死になって逃げました。すんでの所で鰐の口に飲み込まれることは逃れましたが、わたしの体は鰐の歯に裂かれ、傷だらけになってしまったのです。

　ウサギは目を閉じた。

　神々は顔を見合わせた。そしてお互いに、意地の悪い笑みを浮かべた。

「おいウサギ」

――はい。

「毛をむしられたままでは、治るまでに大層な苦しみを受けなければならぬ」

――はい。

「その苦しみを減ずる方法を教えよう」

——本当でございますか。

「本当だとも」

年長の兄がおかしさを堪《こら》えながら言う。

——その方法をぜひ教えてください。苦しくてしょうがないのです。

「教えてもよいが、必ずやり遂げるのだぞ」

——判《わか》っています。

「では教えよう」

年長の神は咳払《せきばら》いをした。

「お前の体を癒《いや》して苦しみを和らげる術《すべ》は一つしかない」

——はい。

「まず海辺に行き海水を体に塗りたくれ」

——海水をですか。

「そうだ」

神々は笑いを堪えている。

――なんだか苦しそうな気がいたします。

「最初は少し苦しいが、ここが肝心なのだ。海水によってお前の苦しみは癒される」

――はい。

「そして海水を体に塗り終わったら、高い山の頂に登って、風に吹かれていろ」

――それでこの苦しみから逃れられるのですか。

「その通りだ」

――ありがとうございます。

ウサギはそういうとよろよろと起きあがり、海に向かって歩いていった。

ウサギの姿が見えなくなると、七人の神々は腹を抱えて笑いあった。

＊

オホナムヂは重い荷物を白い大きな布の袋に入れ、背負って歩いていた。

疲れ果ててはいたが、兄弟たちに追いつかなければならない。袋の中には兄弟たちの荷物が入っている。それに、オホナムヂはまだ見ぬヤガミ姫にどうしても会いたかった。理由は判らない。紫の髪を持つ美しい姫になぜかしら心惹かれるのだ。

オホナムヂは山の麓《ふもと》を通りかかったとき、地に蠢《うごめ》いている小さな生き物を認めた。全身の毛が抜け落ち、肌が真っ赤に腫《は》れ上がって苦しんでいるウサギだった。

「どうしたのだ」

オホナムヂはすかさずウサギに声をかけた。


——苦しい。


ウサギはオホナムヂの心に呼びかけてきた。

オホナムヂはウサギに駆け寄った。

(これは酷《ひど》い)

ウサギの裸の肌は爛《ただ》れ、苦しみに息も絶え絶えである。

ウサギは泣いている。

「訳を話してみろ」

オホナムヂに促されてウサギは鰐に喰われた話をした。さらに七人の神々のいう通りにしたら、傷が深まり苦しみが増したことも話した。

オホナムヂは話を聞き終えて呻いた。

——どこのどなたかは存じませぬが、どうかこの苦しみから助けてください。

「私にできることがあったら何でもしよう。もしかしたらその七人の神々は、私の兄弟たちかもしれぬ」

——なんですって。

「さあウサギよ。今すぐ河に戻り、真水で体を洗うのだ。そして河口に生えている蒲《かま》の黄色い花粉を集めて体中に塗るのだ。そうすれば肌の爛れは治まり、お前は楽になるはずだ」

ウサギは答えない。

「どうした」

——そのお言葉、信じられませぬ。

「なに。私のいうことが信じられぬのか」

——はい。

「なぜだ」

――あなた様は私を騙して傷を深めたあの七人の神々のご兄弟。どうして信じることができましょう。

オホナムヂは返す言葉を探せなかった。

――ああ、苦しい。

「ウサギよ。私の言葉を信じるのだ」

――これ以上の苦しみを被《こうむ》るのはごめんです。

「蒲の花粉は私の国では傷を治す薬草なのだ。信じてくれ」

オホナムヂは頭を下げた。

ウサギは七人の神々の表情を思い出した。どこか笑いを堪えているような表情。それに比べてこのオホナムヂの顔は、真剣に思える。

――判りました。

「おお。判ってくれるか」

――はい。でもわたしは苦しくてもう動けません。どうか私を河口まで運んでくれませんか。

「お安いご用だ」

オホナムヂはウサギの体をそっと両腕で抱えると、河口に向かって歩き出した。

河口にたどり着くとオホナムヂは、ウサギの体を真水で洗った。

――痛い。

ウサギがオホナムヂを憎しみの目で睨《にら》みつけ、その腕から逃れようとする。

「慌てるな。初めは少し痛いが、これも治るためには仕方のないこと」

――わたしを苦しめたあの七人の神々も同じことを言いました。

「何と言われようと私はお前を治してみせる。兄弟たちの罪滅ぼしだ」

そういうとオホナムヂはウサギをしっかりと捕まえ、逃がさずに真水で洗い続けた。

ウサギは痛さの余り必死に逃げようとするが、オホナムヂの力は強く逃げることはできない。

そのうちに、ウサギは自分の体から少しずつ痛みが引いていくのを感じた。

ウサギは逃げようとする力を緩めた。

「どうだ。段々と体が綺麗《きれい》になっていくだろう」

オホナムヂはウサギの体を洗いながら言う。ウサギは返事をしないで洗われるままになっている。

「さあ終わったぞ」

オホナムヂはウサギを抱きかかえ、河から上がった。蒲の葉を敷き、ウサギを寝かせる。

そよそよと風が吹きはじめた。

オホナムヂは蒲の黄色い花粉を集めてウサギの体にかけている。

ウサギの体は黄色い花粉で覆われた。

「しばらく横になっているがよい」

ウサギは頷《うなず》いた。

やがて風が収まる。

気がつくと丸裸の体に、少しずつ毛が生え始めている。

「どうだ気分は」

――はい。少しよくなったような気がします。

「そうだろう」

オホナムヂは満足げに頷いた。

「ではわたしはもう行くことにする。兄弟たちの後を追わなくてはならぬ」

――あなた方は、何をしに行くのです。

「私たちは、イナバにいるというヤガミ姫に求婚するために出雲《いづも》より旅をしてきたのだ」

――ヤガミ姫……。

「知っているか」

――はい。

「そうか。ヤガミ姫はどのようなお方なのだ。さぞ美しい姫なのであろうな」

――それはもうお美しいお方でございます。

「なんとか私の后にしたいものだが、そうもいかぬ。七人の兄弟たちがもう今頃はヤガミ姫に出会う頃だろう」

オホナムヂの言葉を聞いてウサギは体を起こした。肌の傷はすでに癒えている。

――オホナムヂ様。

「なんだ」

——あなた様は本当にヤガミ姫をお后にしたいのですか。

「もちろんだ」

——では、わたくしもあなた様にお力をお貸しいたしましょう。

「お前がか」

——はい。

ウサギの言葉を聞いてオホナムヂは笑いを浮かべた。

「お前はただの傷だらけのウサギに過ぎぬ。そのお前にいったい何ができよう」

——わたくしにお任せください。あなた様の兄弟は決してヤガミ姫を娶《めと》ることはできないでしょう。

オホナムヂはまた笑った。

——ヤガミ姫を娶るのはあなた様です。

オホナムヂは笑いながらウサギの許を去っていった。

十四、八十神《やそがみ》の迫害

オホナムヂに助けられたウサギはすぐに仲間のウサギたちを呼び集めた。傷の癒《い》えたウサギは仲間のウサギたちに何ごとかを告げた。仲間のウサギたちは話を聞くと、いずこかへと走り去っていった。

＊

七人の神々は荷物のないせいで、足取りは軽かった。

神々は笑いあいながら道を歩いた。

「それにしても遅いな。オホナムヂは」

「無理もないて。われら七人の荷物を背負っているのだ」

「それもそうだ」

「オホナムヂのことは気にするな。早くわれらだけでもヤガミ姫の許《もと》に参ろうではないか」

「しかし、オホナムヂもわれらの兄弟には違いない。同じくヤガミ姫に求婚する権利はあるのだが」

「あのようなのろまな男に権利などあるものか。あいつは置いて行け」

「しかし荷物が」

「荷物など遅れてもかまわぬ」

長兄が苛立《いらだ》たしそうに答えた。その脇を、数匹のウサギが走り抜けた。

「そういえば先ほどは愉快であったな。ウサギを騙《だま》して傷口に塩水を塗りたくってやった」

「そうだった」

そういうと神々は一斉に笑い出した。

*

七人の神々はオホナムヂをおいて歩を進めた。

やがて大きな河の畔《ほとり》に、紫の髪の娘が数匹のウサギとなにやら話をしているのが見えた。

「あれがヤガミ姫ではないか」

長兄が言った。

紫の髪の娘は、長い髪を橙《だいだい》色の紐《ひも》で結びあげ、衣服はといえば腰と胸にやはり橙色の布を当てているだけだった。

胸は出雲《いづも》に住むどの娘よりも大きく、目は潤《うるお》いを湛《たた》え、唇は男の唇を優しく受け止めるように開かれていた。

「もし」

娘に近づくと長兄が声をかけた。

娘はウサギたちとの話をやめ、長兄に顔を向けた。

「あなたはヤガミ姫ではないですか」

「わたくしはいかにもヤガミ姫です」

娘は自分がヤガミ姫であることを認めた。

「よかった。やっと巡り会えた。われらはあなたに会うために出雲より遥々《はるばる》やってきた神々です」

神々は顔を見合わせた。

「聞きしに勝るよい娘だ。これはなんとしても后《きさき》にもらわなくてはならぬ」

神々は頷《うなず》きあった。

「ヤガミ姫。われらの中から夫を選んでおくれ」

七人の神々は横一列に並んだ。

「どうだ。どの神がよいか」

長兄が声を張り上げた。

「よいか弟たち。どの神が選ばれても恨みっこなしだ」

長兄の言葉に弟神たちは頷いた。

「さあどうだヤガミ姫。どの神を選ぶ」

七人の神々はヤガミ姫の返事を待った。

「さあヤガミ姫。選び終えたか」

ヤガミ姫は頷いた。神々は「おお」と声をあげた。

「教えてもらおう。ヤガミ姫はどの神を選んだのだ」

「わたくしが選んだのは」

神々は一歩足を踏みだした。

「あなた方ではありませぬ」

「なに」

「どういうことだ」

「いったい誰を選んだというのか」

「わたくしが選んだのは」

ヤガミ姫は七人の神々を眺め回した。神々はヤガミ姫の答えを待った。

「オホナムヂ様というお方です」

「なんだと」

神々は色めき立った。

「どういう訳だ。あいつがもうここにやって来たというのか」

ヤガミ姫は首を横に振った。

「オホナムヂ様とはお会いしたことはありませぬ」

「ならばなぜ」

「わたくしは森の生き物たちと仲良く暮らしております。わたくしの夫になるかたも、森の生き物たちと仲良くやっていけるかたと決めておりました」

「あいつのことを知りもしないでなぜそのようなことが判《わか》る」

「このウサギたちが教えてくれました」

「なに」

ヤガミ姫はすり寄るウサギを優しく撫《な》でた。

「あなたがたはウサギを騙しました。でもオホナムヂ様は、小さなウサギにも誠意を持って接してくれました。あなたがたが騙したあのウサギは、わたくしの大事な友だちです」

「おのれ」

長兄が剣を抜いた。

ヤガミ姫は身を竦《すく》める。

「あののろまのオホナムヂにお前をやることは我慢ができぬ。いっそお前を殺してやる」

長兄が剣を振り上げた。

ウサギたちがヤガミ姫を取り囲んだ。長兄は笑い出した。

「おい兄弟たち。今夜はウサギ汁をたらふく喰《く》えるぞ。獲物が自ら飛び込んできた」

長兄は剣を振り下ろす。ヤガミ姫の背後の木々の中から、大きな角を生やした鹿《しか》が顔を見せた。長兄は振り下ろそうとした剣を止めた。

鹿は林の中から出てきてヤガミ姫の前に進んだ。

「今度は鹿がヤガミ姫を守ろうというのか」

長兄は顔を歪《ゆが》めるように笑った。

木々の中から、鹿が次々に現われて長兄の前に立ちはだかった。

「兄者」

鹿の後からは、牙《きば》を生やしたイノシシたちが現われた。

「これではきりがない」

長兄は剣を収めた。

「覚えていろ」

そういうと神々は去っていった。

＊

神々はヤガミ姫を娶《めと》れなかったことに腹を立てていた。

「どうします、兄者。このままではヤガミ姫は、あののろまのオホナムヂのものになってしまいますぞ」

「それは許さん」

長兄は立ち止まった。

「ヤガミ姫を娶られるぐらいなら、いっそオホナムヂを殺してしまおう」

長兄の言葉に神々は頷いた。

「兄者。オホナムヂがやってきます」

神の一人が指さす方を見ると、大きな袋を背負ったオホナムヂが、ゆっくりとした足取りでやって来るのが見える。

「よし。俺に任せておけ」

オホナムヂが追いついた。

「待っていたぞオホナムヂ」

「兄弟たち。遅れてすまなかった」

オホナムヂは袋を下ろした。

「オホナムヂ。ヤガミ姫の許に行く前に一仕事がある」

「何をするのですか」

「うむ。この山には赤い大きなイノシシが棲《す》んでおってな」

長兄は道の右脇から続く山を見上げた。

「そのイノシシが悪さをして、ヤガミ姫をはじめ麓《ふもと》に住む人たちが大いに迷惑をしている」

「ヤガミ姫が……」

「そうだ。だからそのイノシシをわれらで退治しようというのだ」

「判りました」

　オホナムヂは頷いた。

「して、どのようにすればいいのでしょうか」

「われら七人がまず山に登る」

「はい」

「そこでイノシシを麓に追い下ろすから、お前は下で待ち受けて捕まえろ」

「判りました」

「くれぐれも抜かるなよ」

「はい。人々を苦しめるイノシシです。必ずや捕まえてみせます」

「両手を大きく広げて、しっかり抱きかかえるのだぞ」

「心して抱きかかえます」

「そうだ。赤イノシシは大きくて、とてもそのままでは捕まえ切れぬ。お前を木にくくりつけておこう」

「木にですか」

「そうだ。そうしないとお前はイノシシの勢いに吹き飛ばされて死んでしまうぞ」

「判りました。お心遣い、ありがたく思います」

　兄弟たちはオホナムヂを木に縛りつけた。

「これでよし」

「では兄上。イノシシを追い下ろしてください」

「判った」

兄弟たちは山に登っていった。

＊

山の頂《いただき》付近に着くと七人は木の切り株に腰を下ろした。

「兄者。どうするのですか。赤イノシシは本当にいるのですか」

「赤イノシシなどいるものか」

長兄は笑った。

「ではなぜあのようなことを」

「いいか。俺のいうとおりにしろ。イノシシに似た形の大きな石を捜してこい」

「石ですか」

「そうだ」

兄弟たちは長兄に命じられて山を歩き回った。やがてイノシシに似た石を捜し出すと、みなで長兄の前に運んだ。

「この石を火で焼くのだ」

「火で……」

長兄がそう言うと、弟たちは石の周りに木を集め、火打ち石で火をおこした。木々は燃えさかり、石は真っ赤に焼けた。

「よし。この石をここから転がすのだ」

長兄が叫んだ。

「オホナムヂはこの石をイノシシと思いこんで抱き留める。そうすれば命はない」

「なるほど。それはよい考えだ」

「判ったら誰か下まで行って、オホナムヂに告げるがよい。今からイノシシを追い下ろすとな」

「判りました」

いちばん年少の弟が山を下りていった。

長兄は頃合いを見計らって弟たちに声をかけた。

「さあ、石を落とすのだ」

弟たちは木の枝や他の石を使いながら真っ赤に燃えるイノシシの形の石を麓に向かって滑り落とした。石は燃えながら山の斜面を滑り落ちていった。

＊

麓付近では木に躰《からだ》を縛りつけたオホナムヂがイノシシを待ちかまえていた。

年少の弟がやってきた。

「オホナムヂ」

「お前か」

「いまイノシシがやってくる」

「そうか。うまくわたしの許まで追い落としておくれ」

「判った」

弟は笑いを堪《こら》えながら返事をした。

ぱちぱちと音がする。

「あの音は何だ」

「イノシシでしょう。イノシシがものすごい勢いで走ってくるのです。そのために草が焼けているのです」

「イノシシが走るくらいで草が焼けるのか」

「それくらい恐ろしいイノシシなのですよ」

そういうと年少の弟はオホナムヂの許から走り去った。

オホナムヂは音のする方を見た。

音ばかりでなく草や木が燃える匂《にお》いまで漂ってくる。

オホナムヂは手を広げた。その手の中に、真っ赤に燃えさかり、ますます勢いを増した石が飛び込んだ。石はオホナムヂの躰を焼きながら背後の木を倒して、さらに林を突き進んで沼に落ちた。

沼がじゅうじゅうという音をたててあぶくを吹き出している。

オホナムヂは目を瞑《つむ》ったまま動かなくなった。

＊

冷たくなったオホナムヂをウサギたちが見つけた。

ウサギたちはすぐさまヤガミ姫に報せた。ヤガミ姫はオホナムヂの許へと駆けてきた。

ウサギたちは泣いている。

「ヤガミ姫様。オホナムヂ様が死んでしまいました」

ヤガミ姫は腰を落とし、オホナムヂの顔を覗《のぞ》き込んだ。自分の唇をオホナムヂの唇に当てる。

「お前たち」

ヤガミ姫はウサギたちに呼びかけた。

「オホナムヂ様はまだお亡くなりになってはいません」

ヤガミ姫の言葉にウサギたちは驚いた。

「微《かす》かに息があります」

「本当ですか」

「はい。でも、このまま放《ほう》っておいては死んでしまいます」

「どうすれば良いのでしょう」

「貝殻を集めて、削って粉にしてください」

「はい」

「それと、蛤《はまぐり》の汁を集めてください」

「蛤ですか」

「そうです。ほかの貝ではいけません」

「判りました」

ウサギたちは浜辺の方角へ駈けていった。

やがてウサギたちは貝殻の粉と蛤の汁を、ホタテ貝の器に盛ってヤガミ姫の許へ運んできた。

「ありがとう」

ヤガミ姫は立ち上がって身につけている物をすべて脱いだ。

ウサギたちは裸になったヤガミ姫を不思議そうに見つめている。

ヤガミ姫はオホナムヂの衣服を脱がし、裸にした。

ホタテ貝の器から蛤の汁を掬《すく》い、自分の女陰《ほと》に塗りこむ。余った汁を口に含む。

すりつぶした貝の粉を、オホナムヂの男根に丁寧に塗ってゆく。

ヤガミ姫はオホナムヂの上に跨《またが》った。

オホナムヂの口に自分の口を当て、蛤の汁を流し込む。

オホナムヂの喉《のど》が微かに動いた。

ウサギたちは首を伸ばしてオホナムヂの喉を見つめる。

ヤガミ姫がオホナムヂの男根に手を添える。オホナムヂの男根は、徐々に屹立《きつりつ》してゆく。ヤガミ姫は蛤の汁でぬめった女陰をオホナムヂの屹立した男根にあてがった。

静かに腰を落とす。

——ああ。

ヤガミ姫は声を洩《も》らす。

オホナムヂは息を吹き返した。

オホナムヂは目を見開いた。

「オホナムヂ様」

ヤガミ姫はオホナムヂの上で呼びかける。

オホナムヂはヤガミ姫の両腕を摑《つか》んだ。

「ヤガミ姫」

「よかった」

「あなたが助けてくれたのですか」

ヤガミ姫は頷いた。

「ありがとう」

「わたくしはあなた様と夫婦《めおと》になります」

オホナムヂは頷く。二人の交合《まぐわ》いを、ウサギたちが取り囲んで見つめていた。

＊

オホナムヂの兄弟たちは、オホナムヂが命を取り留め、ヤガミ姫を娶ったことを知った。

「忌々《いまいま》しいことだ」

長兄は吐き捨てるように言った。

「ヤガミ姫はなぜあのようなのろまなオホナムヂを選んだのだ」

「判らぬ。だが、許されることではない」

「その通りだ」

神々は頷きあった。

「殺すのだ、オホナムヂを」

「そうだ。何度でも殺してやる」

「われらのこの思い、未来永劫《えいごう》消えることなく、この地に満ち溢《あふ》れようぞ」

神々は凶暴な光をその眼《め》の中に宿した。

「弟よ」

「はい」

「お前はもう一度、オホナムヂを騙《だま》して山に連れ込むのだ」

「私はすでに一度オホナムヂを騙しています。いくらお人好しのオホナムヂとて、もう私には騙されますまい」

「そうか。ではお前は山の木を切り倒して楔《くさび》を作れ」

「はい」

「そして山一番の大木を見つけだし、縦に二つに裂くのだ」

「なぜそのような物を作るのです」

「いいからいわれた通りにしろ」

「判りました」

「オホナムヂを山におびき出すのはお前がやれ」

長兄はオホナムヂのすぐ上の兄に命じた。

「はい」

兄弟たちはそれぞれの仕事に散っていった。

＊

オホナムヂが浜辺でヤガミ姫と戯《たわむ》れていると、すぐ上の兄がやってきた。

ヤガミ姫は顔を強ばらせてオホナムヂの腕を摑んだ。

「何用です、兄上」

「オホナムヂ、先日はすまなかった。兄者たちの企みを俺は知らなかったのだ」

「本当ですか」

「勿論《もちろん》だ。俺とお前の仲だ。幼い頃は良く二人で遊んだではないか」

オホナムヂは兄神の口元を見つめた。

「それで、今さら私にどのような用があるのですか」

「うむ。その事だが、いちばん上の兄者が病に倒れた」

「え、兄上が」

オホナムヂの顔が曇った。

「お前に会いたがっている。山に来ておくれ」

兄神はオホナムヂを見つめる。

「判りました」

ヤガミ姫がオホナムヂの袖を引く。

「どうしたのだ」

「オホナムヂ様。行ってはいけません」

「なぜだ」

「胸騒ぎがします」

ヤガミ姫は眉間《みけん》に皺《しわ》を寄せてオホナムヂを見つめる。

「案ずるな」

「もう二度と会えなくなるような気がするのです」

「しかし、兄上が病に倒れたのだ」

「その兄上様があなた様を殺そうとしたのではありませんか」

「うむ」

「また今度も何か企み事をしているのかも知れませぬ」

ヤガミ姫の言葉にオホナムヂは考え込んだ。

「われらは幸せに暮らし始めています。この幸せを壊すような危ないことはしてくれますな」

「判った」

オホナムヂは頷いた。

「兄上。申し訳ないが、私は山へ行くことはできない」

「薄情な。オホナムヂよ、よく聞け。お前がここまで暮らしてこれたのはいったい誰のお陰だと思っているのだ」

「それは」

「みんなわれらの長兄のお陰ではないか」

オホナムヂは返事をしない。

「お前はその恩ある長兄の、最期の頼みを踏みにじるのか」

オホナムヂは「ああ」と声をあげた。

「私が間違っていました。兄上に会いに山へ行きましょう」

「オホナムヂ様」

ヤガミ姫がオホナムヂの腕を摑む。

「おやめください。これにはきっと罠《わな》が仕掛けられているに違いありません」

「そのような事はない」

「でも、ご兄弟はあなた様を一度は殺そうとしたのですよ」

「待てヤガミ姫」

兄神が声をかける。

「その企みは長兄の知らぬこと」

オホナムヂは目を見開いた。

「本当ですか」

「当たり前ではないか。あの兄者がお前を殺そうなどとするわけがない」

オホナムヂはうっすらと目に涙を浮かべた。

「許してください。たとえひとときでも兄上を疑った私を」

「もうよい。それより早く山へ行こう」

「はい」

「オホナムヂ様」

「判っただろうヤガミ姫。兄上は私を殺そうとはしていなかったのだ。その兄上が病に倒れ私を呼んでいる。私はなんとしても行かなくてはならない」

オホナムヂはヤガミ姫の腕を優しく押しやった。

「兄上の病が癒えたらすぐに帰るぞ」

オオナムヂはそういうと兄神について山に向かった。

＊

山を登ってもなかなか長兄の姿は見えなかった。

「兄上はどこにいるのです」

「もう少しだ」

兄神は山の頂付近まで登ると、足を止めた。そこには切り倒されて、縦に二つに裂かれた大木が横たわっていた。

「もう暗くなった。ここらで少し休もう」

「はい。しかし兄上はどこにいるのです」

「兄上は山の瘴気《しょうき》に当たらぬように洞窟《どうくつ》の中にいるのだ」

「ではすぐにその洞窟に行きましょう」

「待て」

兄神はオオナムヂを制した。

「お前はここで待っていろ」

「なぜです」

「兄上が他者に会える状態かどうか尋ねて参る」

「私も行きます」

「だめだ」

兄神は苛だたしげに言う。

「お前はその木の間に横たわって待っていろ」

兄神は裂けて楔を打ちこまれた大木を指さした。木の周りをリスたちが走り回っている。

「この木の間にですか」

「そうだ」

「なぜそのような事をするのです」

オホナムヂはここに来て、初めて訝《いぶか》しげに兄神を見やった。

兄神は口を開こうとしない。

「なぜです。訳もなくこの木の間に横たわるなどとはできませぬ」

オホナムヂは兄神を見つめた。

「その木はな」

「はい」

「山の瘴気を取り払う力があるのだ」

「瘴気を……」

「そうだ。だからお前が兄者に会うためには、その木の間に横たわり、瘴気を取り除かなければならぬのだ」

「そうでしたか」

オホナムヂは頭を下げた。

「合点がいきました。ではさっそくその木の間に入って兄上のご返事を待つと致しましょう」

そういうとオホナムヂは楔を避けながら裂けた木の間に横たわった。

「兄神。ここは少し窮屈です」

「いま楽にしてやる」

そういうと兄神は「それ」と大声を出した。木々の間から隠れていた兄弟たちが飛び出して、大木の楔を抜いた。楔はオホナムヂを挟んだまま大きな音をたてて閉じようとする。オホナムヂの叫び声が聞こえるが、兄弟たちは耳を塞《ふさ》ぐように大木を塞いで、オホナムヂの叫び声を封じた。

＊

オホナムヂが騙し討ちされたところを猿たちが見ていた。

猿たちは山を駆け下りてそのことをヤガミ姫に報せた。

ヤガミ姫は嘆き悲しんだ。ヤガミ姫はウサギたちと一緒に山を登った。木々の枝や棘《とげ》のある草に足や手を傷だらけにされながら、ヤガミ姫はオホナムヂが押しつぶされている大木に辿《たど》り着いた。

——この木です。

ウサギたちが指し示す木の中から、オホナムヂの衣服の切れ端が見えている。

「オホナムヂ様」

ヤガミ姫は駆け寄って木を開こうとする。だが、大木はヤガミ姫の力ではびくとも動かない。

「ウサギたち。手伝っておくれ」

——無駄です。ヤガミ姫様。もうオホナムヂ様はこの大木に押しつぶされて死んでしまっています。

「それでも、このままにはしておけません」

ヤガミ姫がそういうとウサギたちが木の周りに集まってヤガミ姫を助けた。だが、やはり木は動かない。

一匹のウサギが木を離れて山の木々の中に駆けていった。やがてウサギは熊《くま》を連れて戻って来た。

熊は強い力で大木を押し開く。

わずかに閉じた木に隙間《すきま》が開いた。その隙間から沢山のリスが飛び出してきた。

「あ」

ヤガミ姫はリスに驚いて首を竦《すく》めた。

周囲の木の枝に下がっていたコウモリが飛び立った。

熊がさらに木を押し開く。

オホナムヂの姿が見えた。

「オホナムヂ様」

ヤガミ姫がオホナムヂに呼びかけると、オホナムヂは木に横たわったまま目を開いた。

「ヤガミ姫」

「よかった。生きていてくれたのですね」

「木が閉じられる寸前、大勢のリスたちが木に穴を開けてくれたのだ。それで私は押しつぶされずに済んだのだ」

「そうでしたか」

ヤガミ姫は走り去ったリスたちを見つめた。

「ありがとう」

ヤガミ姫はリスたちにお礼を言った。

オホナムヂは起きあがって木の中から外に出た。だがその顔は晴れやかではない。

「オホナムヂ様」

ヤガミ姫はオホナムヂに声をかけた。だがその次の言葉が出てこない。

（オホナムヂ様はまたも兄弟たちに殺されかけた）

オホナムヂの哀《かな》しみを思うと、かける言葉が見つからなかった。

――オホナムヂ様。

数匹のリスがオホナムヂの心に呼びかけた。

「どうした」

――七人の神々が、弓矢を持ってこの山に登ろうとしています。

「なに」

――おそらくオホナムヂ様が生き返ったことを、コウモリにでも聞いたに違いありません。

オホナムヂとヤガミ姫は顔を見合わせた。

「オホナムヂ様。どうぞこの地をお離れください。この地に留《とど》まっていては、あなた様は必ずご兄弟に殺されます」

「判った。どこかへ逃げることにしよう」

オホナムヂは頷いた。

「お前も一緒に来てくれるな」

ヤガミ姫はオホナムヂの顔を見つめた後、静かに顔を横に振った。

「どうしてだ。われらは夫婦《めおと》ではないか」

「私はこの地を統《す》べる女神なのです。この森の動物たちや、浜辺の貝たちを見捨てるわけにはいきません。わたしはこの地を離れるわけにはいかないのです」

オホナムヂは愕然《がくぜん》とした顔でヤガミ姫を見つめた。

「わたしはお前と離れたくはない」

「それはわたしも同じ気持ちです。でも、あなた様がご兄弟に狙《ねら》われる毎日を過ごすことは、とても辛《つら》いことなのです」

山の下方が騒がしくなった。どうやら兄神たちが近づいているようだ。

「オホナムヂ様。お逃げください」

「ヤガミ姫」

「ご兄弟たちのお考えはあなた様を殺すことです」

「しかし、お前をおいて私だけ逃げるわけにはいかない」

「わたくしは大丈夫です。この地ではわたくしは力があります。森や河の動物たちもわたくしを守ってくれます」

「しかし、たとえこの地を逃げたとしても、私には行くところなど最早《もはや》ない」

「根の堅州国《かたす》へお行きください」

「根の堅州国……」

ヤガミ姫は頷く。

「それはどこにあるのだ」

「出雲の国の、さらに北の方です」

ヤガミ姫は顔を哀しげに歪めた。その哀しさは、オホナムヂと別れる哀しさと、さらにもう一つ深い哀しさを秘めているように感じられた。

「そこに何がある」

「あなた様を救う何かがあるはずです」

「私を救う何か」

「はい」

「なぜお前がそのようなことを知っているのだ」

「鴉《からす》が教えてくれたのです」

「鴉が……」

「そうです。出雲の国から来た鴉が」

山の下方の騒がしさがすぐそこまでやってきている。

「さあ。この裏道から逃げるのです」

ヤガミ姫は道を指し示した。

「ヤガミ姫」

「オホナムヂ様」

二人はどちらともなく手を伸ばし、腕を絡め、抱き合った。

「お前のことは忘れはしない。お前はいつまでも私の妻だ」

「ありがとうございます」

二人は互いの口を吸いあった。

七人の神々がやってきた。

「ヤガミ姫」

長兄が怒鳴る。

ヤガミ姫は振り向いた。その時には、すでにオホナムヂの姿は消えていた。

十五、根の国訪問

オホナムヂは根《ね》の堅州《かたす》国《くに》を目指して歩き続けた。

イナバを抜けるまでに四月《よつき》もかかり、出雲《いづも》についてさらにその奥の根の堅州国に辿《たど》り着いたのは、ヤガミ姫と別れて一年を過ぎた頃だった。

オホナムヂはその間、ひとときもヤガミ姫を忘れたことはなかった。ヤガミ姫の慈悲に溢《あふ》れたふっくらとした顔と、男をいつでも優しく受け入れてくれる豊かな唇。

浜辺にいるせいでその衣服は胸と腰を隠すだけの小さな物だった。だが、この根の堅州国に海はない。周りは山と森である。

(さて、この森のどこに私を救う物があるというのだろう)

オホナムヂは森の中の木の切り株に腰を下ろした。

(自分は兄弟たちと仲違《なかたが》いをしてしまった)

その事をたまらなく寂しいと思う。

(それに、ヤガミ姫と別れてしまった)

ヤガミ姫は今ごろどうしているだろう。誰かよい男を見つけて夫婦になっているだろうか。

兄弟たちは今ごろ出雲に帰っているに違いない。もしかしたらこの地まで追ってくるのだろうか。

背中に刺すような視線を感じた。

オホナムヂは振り向いた。

目つきの鋭い若い女が立っていた。

「お前は誰だ」

オホナムヂは若い女に問うた。

「お前こそ何者だ」

若い女はオホナムヂに問い返した。

「私はオホナムヂという者だが」

「われの名はスセリ姫」

「スセリ姫……」

スセリ姫の目はきりりと鋭く、肌は弾力に満ちた輝きを放っていた。

「お前様は男ぶりのよい男。われの婿《むこ》になれ」

「お前の婿だと」

「そうだ」

「悪いが私にはヤガミ姫という妻がいる」

「見たところお前様はこの辺りの男ではないな」

「そうだ。私は出雲の神だ。ヤガミ姫はさらに南方のイナバの女神だが、故あって離ればなれに暮らしている」

「ならばわれと夫婦になるのになんの不都合があるものか」

「うむ」

兄弟たちはみな何人もの妻を娶《めと》っている。

「さあ、こっちへ」

スセリ姫はオホナムヂの手を取った。

「どこへ行くのだ」

「われの閨房《ねや》だ」

スセリ姫はオホナムヂの手を握ったままずんずんと森の奥に入っていく。

「私たちは会ったばかりではないか」

「だがわれは一目でお前様を気に入ったのだ。気に入ったら抱いてもらう。どこかおかしいか」

「いや」

オホナムヂはスセリ姫の強い態度に驚いた。

「それにわれとお前様では顔が似ているような気がする」

「顔が似ているだと」

「そうだ。だからこそわれはお前様を気に入ったのかも知れない」

スセリ姫は足を止めた。森の奥に四本の木に囲まれた窪地があり、その窪地に草が敷き詰められている。

「ここが閨房《ねや》なのか」

「そうだ」

スセリ姫は着ている服を脱ぎ捨てた。

ヤガミ姫の豊かな躰《からだ》と違って、スセリ姫の若い躰は堅く引き締り、小振りな胸には弾力が感じられた。

スセリ姫はオホナムヂを抱き寄せると閨房に横たわり、むさぼるようにオホナムヂの躰を求めた。

ヤガミ姫との交合《まぐわ》いは優しかったが、スセリ姫との交合いは激しかった。

交合いが終わるとスセリ姫は服を着て立ち上がった。

「これから父の処《ところ》へ行く」

「父上の……」

「そうだ。夫婦になったことを認めてもらうのだ」

スセリ姫はまたオホナムヂの手を引いて歩き出した。

森をしばらく歩くと、樫《かし》の木で造りあげられた御殿に着いた。

御殿の周りには警護の兵士が立ち並び、あるいは巡回している。オホナムヂは歩いている兵士の一人を捕まえ持ち上げた。

「何をする」

オホナムヂに持ち上げられた兵士は驚いて足を振った。オホナムヂは兵士を下ろした。

「済まぬ。お前が鼠《ねずみ》を踏みつぶしそうになったのでな」

「鼠だと」

兵士の足下から鼠がささと走っていった。

スセリ姫は笑みを洩《も》らした。

「われがお前様に惚《ほ》れたのは、その優しさを感じ取ったせいかもしれないな」

スセリ姫が御殿に入ると、殿中の侍女、侍従たちがみなお辞儀をして通る。

「お前はかなり身分の高い女だと見えるな」

「うん」

スセリ姫は御殿の奥の大きな扉を開けた。中に立派な髭《ひげ》を生やした大柄な男が樫の木の椅子《いす》に坐《すわ》っていた。

「父上。スセリ姫です」

顔をうつむかせていたスセリ姫の父親は、スセリ姫の声を聞いて顔を上げた。

父親は鋭い視線をオホナムヂに浴びせかける。

（スセリ姫の鋭い目は父親譲りか）

オホナムヂは父親の射すくめるような視線を受けて、身が縮まるような思いがした。

「父上。われはこのオホナムヂと夫婦になります」

「オホナムヂだと」

「はい」

「それは許さん」

そういうと父親は目を瞑《つむ》った。

「どうしてですか。父上」

スセリ姫が父親ににじり寄った。

「その男は呪《のろ》われておる」

「呪われて……」

父親は目を瞑ったまま頷《うなず》いた。

「かまわない。われはこの男が気に入ったのです」

父親はうっすらと目を開けた。

「困ったものだ。お前は一度言い出したら後には引かぬ娘」

スセリ姫はオホナムヂの手を強く握りしめる。

「仕方がない。今夜はオホナムヂをこの御殿に泊めてやろう。凪《なぎ》の室《むろ》を用意しろ」

父親の言葉に、侍従たちが一斉に部屋を出ていった。

「ただしオホナムヂよ」

「はい」

「凪の部屋から一歩も外へ出るな。一歩でも外へ出たら娘はお前にはやらん」

「判《わか》りました」

オホナムヂは返事をすると、侍従の一人に連れられて凪の部屋へと入っていった。

＊

凪の部屋で寝ていると、ごそごそと音がして目が覚めた。

オホナムヂはうっすらと目を開ける。辺りは暗い。暗い中で、部屋中からごそごそと音がする。

（何の音だろう）

オホナムヂは躰を起こした。

目に力を込める。暗闇《くらやみ》の中、急激に目が慣れてくる。

オホナムヂの全身に鳥肌が立った。

部屋中に蛇が蠢《うごめ》いていた。

オホナムヂは飛び起きた。立ち上がったオホナムヂめがけて蛇が一斉に飛びかかった。

オホナムヂは両腕で蛇から顔を守る。顔を庇《かば》った両腕に、大量の蛇が食いついた。

――おお。

オホナムヂは腕の痛さに呻《うめ》いた。

(腕が痺《しび》れる。この蛇どもは体内に猛毒を秘めているに違いない)あの父親はスセリ姫を私にくれるつもりなどなかったのだ。その事にようやく気がついた。

意識が朦朧《もうろう》としてくる。

(このままでは私は死ぬ)

イナバのヤガミ姫の顔が脳裏に浮かんだ。

「オホナムヂ」

若い女の声が部屋に響いた。

オホナムヂはハッとして目を開いた。

部屋の扉に誰かが立っている。扉の向こうから射してくる松明《たいまつ》の光に遮られて顔が見えない。

「この領布《ひれ》を」

女はオホナムヂに領布を投げた。声はスセリ姫の声だった。領布は部屋の中をオホナムヂめがけて真っ直ぐに飛んだ。

「その領布を三度振ると蛇を打ち払うことができます」

スセリ姫が叫ぶように言う。

オホナムヂが蛇に食いつかれた腕を領布に伸ばす。

床の蛇たちが空中の領布めがけて飛び上がった。蛇たちは次々に領布に喰《く》いついた。領布が蛇の重さに耐えかねてぽとりと床に落ちる。床を埋め尽くす大量の蛇たちが落ちた領布に群がる。領布は蛇の群に飲み込まれ見えなくなった。

――うう。

オホナムヂが顔を押さえながら呻く。蛇の毒が全身に回っているようだ。

大量の蛇が飛び上がりオホナムヂを襲う。

「オホナムヂ」

スセリ姫が叫びながら部屋に飛び込んだ。

スセリ姫はオホナムヂに駆け寄る。オホナムヂに群がる蛇を一匹一匹引き剝《は》がすが、蛇は次々にオホナムヂに飛びかかり、きりがない。

スセリ姫は床に這《は》いつくばった。床の蛇を捕っては投げ捨てる。

「な、何をしている」

オホナムヂが床に膝《ひざ》を落としながらもスセリ姫に声をかける。

「これを探していたのです」

スセリ姫は蛇の群の中から領布を探しだした。だが領布は蛇たちに食いつかれ、ぼろぼろに食いちぎられていた。

「領布は破れている」

オホナムヂが打ちひしがれたような声を出す。

「やってみるのです」

スセリ姫はぼろぼろになった領布を蛇の群から引きずり出し、オホナムヂに手渡した。

「さあ、その領布を三度振るのです」

オホナムヂは言われたとおり、蛇に喰い破かれ血だらけになった腕で領布を三度振った。

蛇は退散するどころかますますオホナムヂに襲いかかった。

「だめだ」

オホナムヂは前のめりに倒れた。

そのまま動かない。

スセリ姫はオホナムヂを助けに行こうとするが、蛇に体中を喰いつかれ動くことができない。

スセリ姫は倒れたオホナムヂを見つめた。

倒れたオホナムヂの躰から蛇が四方に散らばった。

オホナムヂは倒れたまま領布を放さない。

オホナムヂの腕に喰らいついていた蛇が牙《きば》を腕から外し退散していく。

「オホナムヂ」

スセリ姫の声にオホナムヂは目を開けた。辺りに蛇はいない。

「蛇はどうしたのだ」

「何処《いずこ》ともなく消えました。その領布の霊力のお陰です」

「この領布が」

オホナムチはぼろぼろになった領布を見つめた。

「スセリ姫。ありがとう。お前は私の命の恩人だ。礼を言うぞ」

「なんの。夫を守るのは妻の務め」

スセリ姫は別の布を出して血にまみれたオホナムチの腕を拭《ふ》いている。

「私はお父上に言われたとおり、一歩も部屋を出なかった。これでわれらは夫婦になれるのだろうか」

「判らない。父の考えていることは。でも、どんなに父が無理難題を押しつけてきても、われがきっとお前様を守ってみせる」

スセリ姫はオホナムチの唇に自分の唇を押しつけた。

＊

翌日の夜は、オホナムチは別の部屋をあてがわれた。

その部屋で寝ていると、今度はぶうんぶうんという音で目覚めた。

目を開けて暗さに慣れると、天井付近の宙に大量の蜂《はち》が飛んで羽を動かしているのが目に入った。

床は大量の百足《むかで》に埋め尽くされている。

オホナムチは躰を起こした。

オホナムヂの躰めがけて大量の蜂が一斉に天井から襲いかかる。だが、今度はオホナムヂは落着いていた。あらかじめスセリ姫から霊力のある新しい領布を渡されていたのだ。領布を振ると蜂と百足は退散した。

＊

翌日、オホナムヂは父神に呼ばれた。

「オホナムヂよ。余の鏑矢《かぶらや》が見当たらないのだが、心当たりはないか」

「いいえ。一向に存じませぬ」

「そうか。実はこの地の奥の野原に落ちていたという者がいる。お前が野原に行って拾ってきてくれぬか」

「判りました」

オホナムヂは野原に向かって御殿を出た。

(父神様は私を試しているのだ。私が本当にスセリ姫に見合う男かどうか)

オホナムヂはスセリ姫のためにも、何とか父神が与える試練に耐え抜いてみせようと思った。

(だが、あの父神はいったい誰なのだろう。きっと名のあるおかたに違いない)

あの顔も、どことなく懐かしささえ感じさせる。

オホナムヂは野原に着いた。深い草に覆われた野原を、鏑矢を探しながら歩く。だが、鏑矢はなかなか見つからない。

(何としても探しだしてみせよう)

オホナムヂは野原の奥深くに踏み入った。

どこからかぱちぱちという音がする。

オホナムヂは耳を澄ました。

今度は物が燃える匂《にお》いがする。

ぱちぱちという音はあっという間に轟々《ごうごう》という気の震えに変わった。

「しまった」

オホナムヂの周りから一斉に炎が燃え上がった。草が焼かれているのだ。

炎は両腕を振りかざす巨人のようにオホナムヂを押さえ込もうとする。

火の熱さが気を伝わってオホナムヂを焼く。

(逃げなければ)

だが、オホナムヂは四方を炎に取り囲まれていた。火勢はますます強まってくる。

野原の周囲から燃えだした火は、勢いを増しながらオホナムヂに向かってその輪をすぼめていく。

(逃げられない)

オホナムヂは全身に熱さを感じた。

(躰が焼ける)

火は輪をすぼめ、今にもオホナムヂに襲いかかろうとする。

火の粉がオホナムヂの躰に降りかかる。

(熱い)

ひときわ大きな炎がオホナムヂに襲いかかった。オホナムヂは腕で顔を庇うが、炎は腕を激しい勢いで焼いた。オホナムヂの衣服に火が燃え移る。

(もう駄目だ。私は焼け死ぬ)

――中は広い、外は狭い。

どこからか声がする。

(誰だ)

――中は広い、外は狭い。

また同じ声がする。

オホナムヂは腕で顔を庇いながら目を細めて周囲を見回した。だが、周囲には炎のほかは何も見えない。

――中は広い、外は狭い。

ふたたび声がする。

（中は広い、外は狭いとは何のことだ）

声の主は、この炎の中で居場所を確保している。

（いったいどこにいるのだ）

周囲は炎によってもう見渡すことはできない。オホナムヂの立つ場所は狭くなっている。

オホナムヂは足下に目を落とした。

（そうか）

オホナムヂは地面を足で踏んだ。

（外は狭い。中は広い。中とは、土の中だ）

オホナムヂは足に力を込めた。思い切り地を踏みつける。穴があいて、地が崩れた。オホナムヂは地にあいた穴に落ち込む。

穴の中には一匹の鼠がいた。

「お前は」

――わたしは御殿の兵士に踏み潰されそうになったところを、あなた様に助けていただいた鼠です。

「そうだったのか」

鼠とオホナムヂが穴に隠れている間に、火勢は弱まった。

火が通りすぎると、オホナムヂは穴から這い出した。

辺りはすっかり夜になっていた。

——オホナムヂ様。

「なんだ」

——これを。

鼠が口に銜《くわ》えて差し出した物は父神が失くしたという鏑矢だった。

「これは済まない」

オホナムヂは鼠から鏑矢を受け取ると、御殿に引き返した。

＊

御殿に戻ると門の前でスセリ姫が待っていた。

「オホナムヂ様。よくご無事で」

「待っていてくれたのか」

「はい。お前様とこの御殿を逃げようとして」

「逃げるだと」

「はい」

「しかしお父上が許してはくれまい」

「父はいま寝ています。お前様が生きて帰ってくるとは思いもよらないのでしょう」

「そうか」

「この隙《すき》に二人で逃げましょう」

「逃げたとてすぐに追いつかれる」

「これを」

　スセリ姫はオホナムヂに領布《ひれ》を渡した。

「またこの領布が役にたつのか」

「はい。この領布で父を柱に縛りつけるのです」

「柱に……」

「さあ早く。父が寝ている室屋の垂木《たるき》に縛りつけるのです」

「判った」

　オホナムヂはスセリ姫にいわれた通り、ぐっすりと寝ている父神を霊力のある領布で柱に縛りつけた。

「さあ」

　スセリ姫に促されてオホナムヂは御殿を逃げ出した。

「待て」

　御殿の門を揺るがすほどの大声が響いた。父神の声である。

「父上が気がつかれた」

「大丈夫。きっとあの領布が守ってくれます」

「しかしあの大声は、ただならぬ膂力《りょりょく》を感じさせる。お前の父上は並々ならぬお人のようだ」

オホナムヂはスセリ姫の父神をどこかで知っているような気がした。

「なぜお前の父神は、私とお前が夫婦《めおと》になることを邪魔しようとするのだ」

「さあ。判りませぬ」

「きっと何か訳があるに違いない」

御殿の門が破壊されて領布に躰を巻かれた父神が、柱ごと姿を現わした。

「逃がさぬぞ」

父神は大声で二人を威嚇《いかく》した。

「オホナムヂ様。早く」

「無駄だ。どこへ逃げても追いつかれる」

「いい場所があります」

父神が柱を引きずったまま一歩一歩足を踏みだしてくる。

「どこへ行こうと無駄だ」

「黄泉比良坂《よもつひらさか》というところがあります」

「黄泉比良坂……」

「そこに行けばきっと逃げおおせます」

スセリ姫の言葉にオホナムヂは意を決した。

「よし。やってみよう」

スセリ姫とオホナムヂは駆け出した。その後ろを柱を引きずった父神が追いかける。

オホナムヂは力の限り走り続ける。スセリ姫が遅れがちになる。

「スセリ姫。もっと速く」

「これ以上は速く走れない」

「追いつかれるぞ」

「無理です」

オホナムヂは走りながらスセリ姫を抱きかかえた。

「あれ」

「案内してくれ。黄泉比良坂まで」

「判りました」

オホナムヂはスセリ姫を抱きかかえたまま走り続ける。スセリ姫はオホナムヂに抱きかかえられたまま道案内をする。

父神の姿が段々と遠くなる。

「もうすぐです」

オホナムヂは脚の運びをゆるめた。

「あの崖《がけ》が黄泉比良坂です」

前方には深い崖があるようだ。

オホナムヂは大きな岩の前で足を止めた。スセリ姫を下ろす。後ろを振り向く。父神の姿は見えない。

「行き止まりだ」

「この崖を下りると異界に行くことができるといわれているのです」

「この崖を下りるのか」

スセリ姫は頷いた。

二人はおそるおそる崖の淵まで行き、下を覗《のぞ》く。そこに父神がいた。

父神は柱を躰に縛りつけたまま飛び上がった。

「あ」

オホナムヂもスセリ姫も後ろに倒れた。

父神が崖の下から躍り上がって地に下りた。その手には太刀《たち》と弓を持っている。

「オホナムヂ」

父神が怒声を発した。

「娘はお前にはやれん」

父神は柱を引きずったままオホナムヂに近づく。

「なぜです。なぜ私がスセリ姫を娶ってはいけないのです」

「それはな」

父神は髭の濃い顔でオホナムヂを睨《にら》んだ。

「教えてください。私とスセリ姫が夫婦になってはいけないわけを」

オホナムヂは起きあがった。

「ならば教えてやろう」

オホナムヂとスセリ姫は父神の言葉を待つ。

「お前とスセリ姫は、血が繋《つな》がっているのだ」

「なんですって」

オホナムヂは父神の言葉に驚いた。

「血の濃い者同士が契れば、生まれた子供は虚仮《こけ》になるわ」

「あ、あなた様はどなたなのです」

「俺の名は、スサノヲという」

「い、い、い、スサノヲ……」

このお人が名のあるスサノヲだとは。オホナムヂはスサノヲの顔を見つめた。スサノヲは言葉を継ぐ。

「スセリ姫は俺とクシナダ姫の間に生まれた子。そしてお前も、俺とクシナダ姫の子孫なのだ」

「そんな……」

オホナムヂには寝耳に水の話だった。

「判ったか。俺がお前たちの契りを許さぬ訳が」

オホナムヂは膝《ひざ》を落とした。

「かまいませぬ」

スセリ姫が叫んだ。

「われとオホナムヂは好き合っているのです。われはこのオホナムヂ以外の男と夫婦になる気はありませぬ」

「スセリ姫……」

スサノヲは射るような目でスセリ姫を見つめた。

「そうか」

スサノヲは項垂《うなだ》れた。

「この娘はいいだしたらきかぬ娘」

スサノヲは手にした太刀と弓をオホナムヂに投げた。

「その太刀と弓をお前にやろう」

オホナムヂはスサノヲが放った太刀と弓を手に取る。

「その太刀と弓でお前の邪悪な兄弟たちを追い払え」

オホナムヂは不思議そうな顔でスサノヲを見上げる。

「この葦原中国《あしはらのなかつくに》を、お前が治めるのだ」

「私が……」

「そうだ。そしてお前は今日から、大国主《おほくにぬし》と名乗るがよい」

「大国主……」

呆然《ぼうぜん》とする大国主の脇を、スサノヲは柱を引きずりながら通り過ぎた。

十六、少名毘古那神《すくなびこなの》と御諸山《みもろやま》の神

このところ大国主《おほくにぬし》は岩に坐《すわ》ってふさぎ込むことが多くなった。

「どうしたのです。大国主よ」

スセリ姫が尋ねる。

「いや。なんでもない」

「お前様はこれからこの葦原中国《あしはらのなかつくに》をお治めになる身。そのようにふさぎ込んでいては先が思いやられます」

「うむ」

「いったいどのような悩みがあるのです」

「悩みなど無い」

「いいえ。お前様の毎日の様子を見ていれば判《わか》ります。お前様は何かに悩まされている」

大国主は眉間《みけん》に皺《しわ》を寄せる。

「さあ、言ってください。お前様の悩みとは何なのです」

「うるさいぞ。悩みなど無いと言ったはずだ」

大国主は立ち上がり、スセリ姫の許《もと》を離れた。

＊

スセリ姫から逃げてきた大国主は河の畔《ほとり》に坐った。

（私としたことがスセリ姫に声を荒らげるとは）

済まぬ事をしたと思う。

河の畔を一匹の蝦蟇《がま》が歩いている。蝦蟇は大国主の前に止まると大国主に顔を向けた。

――お前様は大国主だな。

「そうだ」

――お前様の噂《うわさ》は聞いている。リスや鼠《ねずみ》を助けたそうだな。

「そのような大層なことではない」

――お前様がこの国を治めればわたしらのような生き物にはよいだろう。悩み事があれば何なりと力を貸すぞ。

「悩みだと」

――お前様の顔を見れば判る。

「悩みなど無い」

大国主の言葉に蝦蟇は笑った。

――いいことを教えてやろう。御諸山《みもろやま》へ行ってみることだ。

「御諸山だと」

――そうだ。そこにはどんなことでも知っている神が棲《す》んでいる。悩みがあるならその神に打明けてみるがよいだろう。

蝦蟇は大国主の前を、ゆっくりと去っていった。

*

大国主は御諸山に登った。

(すべてを知っている神などいるものだろうか)

大国主は半信半疑ながらも蝦蟇の言葉に己《おのれ》を託した。

しばらく木々が生茂る山道を登ると、不意に木々の連なりがとぎれ、小さな草原《くさはら》に出た。

その草原の中程に、案山子《かかし》のように一本足で地面に埋まっている者がいる。

「お前は誰だ」

大国主は案山子に尋ねた。

「儂《わし》は山田のソホドという者だ」

「山田のソホド……」

山田のソホドは白髪を長く垂らし、ぼろ布を身にまとっている。髪と髭《ひげ》に隠れた顔からは、鋭い眼光だけが大国主を見つめている。

「何でも知っている神というのはあなたですか」

「そうだ」

「あなたは本当に何でも判るのですか」

「判るとも」

「ならば私の悩みが判りますか」

大国主は一本足の神を見つめた。

一本足の神は、大国主をしばらく見つめたあと、口を開いた。

「たしかにこの広大な葦原中国を、お前一人で治めるのは荷が重いだろうて」

山田のソホドが年老いた声で大国主に話しかけた。

「私の悩みが判るのか」

「判るといっただろう」

山田のソホドの髭が動いた。

「お前はこの葦原中国の統治を命ぜられたのじゃろう」

大国主は山田のソホドの言葉に驚いた。

「お前の心は優しく、民草《たみくさ》にとっては望まれる統治者じゃ。また悪事にも動かされない強さをも持ち合わせている。だがいかんせん、民草どもに日々何を喰《く》わせればよいのか。皆目見当がつかぬのであろう」

大国主は山田のソホドの洞察力に舌を巻いた。自分の悩みを正しく言い当てられている。

「私は神の一族なので、日々の糧《かて》に苦労をした覚えがないのです。だが下々の人間たちは違います。彼らが日々喰うに困らない工夫はないものでしょうか」

「お前一人の力では無理じゃ。お前を助ける神がいる」

「その神はどこにいるのです」

「岬《みさき》で待つがよい」

「岬で……」

「そうじゃ。波の穂の上に、蘿芋《がが いも》の実の船に乗って、蛾《が》の皮を丸剝《まるは》ぎに剝いで衣服に着て近づいてくる神があったら、それが少名毘古那《すくなびこな》神じゃ」

「少名毘古那神……」

「その神がお前のよき助けとなるじゃろう」

そういうと山田のソホドの神は目を瞑《つむ》った。

＊

大国主は海辺に行って少名毘古那神を待った。
何日も何日も待ったが少名毘古那神は現われなかった。
(あの山田のソホドの神の言ったことは本当のことなのだろうか)
もう引き返そうか。
大国主はあきらめかけた。
(だが、山田のソホドは私の悩みを見事に言い当てたではないか)
もう少し待ってみよう。
大国主は覚悟を決めて腰を落ち着けた。
海から強い風が吹いてきた。
大国主は海を見つめた。波が高く上がる。その波頭の上に、一艘《いっそう》の船が見えた。
(あれは)
蓑《みの》のような衣服をまとった小さな人物。
(あれが少名毘古那神か)
船が浜辺に着いた。
「私は大国主というものだが、あなたは少名毘古那神か」
「そうだ」

少名毘古那神は背の高さが大国主の半分ほどしかなかった。蛾の皮の衣服に身を包んだ姿は、穢《けが》れているように見えた。だが大国主は少名毘古那神の見かけの汚さを気にもとめずに少名毘古那神の手を取った。

「少名毘古那神。あなたに頼みたいことがある」

少名毘古那神はじろりと大国主を睨《にら》みつけた。

「この葦原中国を私と一緒に治めてほしいのだ」

「なに。この国を」

「そうだ。私は慈悲も力もあるつもりだ。だが、民草の糧を作り出す術《すべ》を知らない」

「糧か」

大国主は頷《うなず》く。

「大国主。お前はこの俺が怖くないのか」

「怖いだと。どうしてだ」

「蛾の衣服を汚いとは思わないのか」

「あなたが着ているくらいだからそう汚くはないのだろう」

大国主の答えを聞くと少名毘古那神は笑い出した。

「面白い人だ。よかろう。お前の頼みを聞こうじゃないか」

「本当か」

「ああ」

少名毘古那神は腰に下げた袋に手を入れると、中からなにやら取りだした。

「それは」

「稲の種だ」

「稲……」

「そうだ。これで民草の糧のことは心配しないでもよい」

そういうと少名毘古那神は稲の種を浜辺に蒔《ま》いた。

十七、天菩比神《あめのほひの》と天若日子《あめのわかひこ》

淤能碁呂《おのごろ》では、アメノオシホミミノミコトがアマテラスに無心をしていた。

「アマテラス。葦原中国《あしはらのなかつくに》というたいそう住み易い土地があるそうですね。その土地を私にお譲りください」

「しかしその土地は大国主《おほくにぬし》に委《ゆだ》ねているのです。大国主のお陰で荒れた葦原中国が、豊かで住み易い土地になったのです」

「だから、その土地を欲しいのですよ」

アメノオシホミミノミコトは神酒《みき》を飲みながらアマテラスに言う。

アマテラスはアメノオシホミミノミコトの願いを聞き入れてやりたいと思った。

アメノオシホミミノミコトは、アマテラスとスサノヲとの間にできた子供だった。アマテラスの最も愛した子である。

顧みて大国主は、やはりスサノヲの子孫だが、それは自分との間の子ではなく、スサノヲとクシナダ姫との間にできた子の子孫だった。

（大国主よりも、我が子アメノオシホミミノミコトに葦原中国を渡してやりたい）

それがアマテラスの正直な気持ちだった。

(でも、葦原中国を統治する権利は大国主にあることはたしか)

どうすればよいのだろう。アマテラスはこの淤能碁呂で最も智恵《ちえ》のある思金神《オモヒカネノカミ》に相談することにした。

＊

思金神はぼさぼさの頭をかきながらアマテラスの御殿に現われた。

「思金神。我が子アメノオシホミミノミコトに葦原中国を授けたいのですが、葦原中国は大国主のもの。どうすればよいでしょうか」

「アメノホヒノ神を遣わして、アマテラス様の正直な気持ちを伝えればよいでしょう。もともと葦原中国といわず、この淤能碁呂の地もあなた様のもの。あなた様が正直に自分の気持ちを伝えれば、大国主は話の判《わか》る御仁だと思われます」

「判りました」

アマテラスは思金神の助言通り、アメノホヒノ神を葦原中国に遣わした。だが、いくら待ってもアメノホヒノ神は帰ってこなかった。

「どうしたのでしょう」

アマテラスはまた思金神に相談した。

「なにか変事が起きたのかも知れない」

「どうしたらよいのです」

「今度はアメノワカヒコを葦原中国に遣わすとよいでしょう」

「判りました」

「念のために天の弓と天の矢を持たせましょう」

だが、アメノワカヒコもまた葦原中国に行ったきり帰ってこなかった。

「二人とも大国主に倒されてしまったのですね」

アマテラスは顔を曇らせた。

「そう決めつけるのはまだ早い」

思金神がアマテラスを窘《たしな》めた。

「でも、二人とも帰ってこないとあれば、大国主に倒されたとしか思えぬではありませぬか」

「確かめてみましょう」

「確かめる……」

「ええ」

「どうやって」

「鳴女《なきめ》という雉《きじ》を葦原中国に遣わしなさい。その鳴女に葦原中国の様子を探らせるのです」

「判りました」

アマテラスはさっそく鳴女を呼び寄せた。

＊

アマテラスの命を受けた鳴女は、宙を飛び、淤能碁呂から葦原中国にやってきた。そこで鳴女はアメノホヒノ神とアメノワカヒコを見つけた。

二神は軍を組織して、大国主に戦いを仕掛けていた。話し合いによってアメノオシホミミノミコトに葦原中国を譲ってもらおうとしていたのではなく、自分たちが葦原中国を奪い取ろうとしていたのである。

（アマテラス様に報せなくては）

鳴女は急いで向きを変えた。

「おい。あれを見ろ」

アメノワカヒコがアメノホヒノ神に言った。

「あれは」

「あれは鳴女だ」

「鳴女といえば、アマテラス様の使いの者ではないか」

「そうだ」

「アマテラス様の使いの者ならば、われらの手助けをするためにこの葦原中国に来たのであろう」

「それならば、なぜわれらに会わずに去っていくのであろう」

「おそらくわれらが話し合いをせずに、武力によってこの葦原中国を奪い取ろうとしていることに気づいたに違いない」

「それをいまアマテラス様に知られてはまずい」

アメノワカヒコは天の弓と天の矢を取った。弓を力一杯引き、鳴女に狙《ねら》いを定めた。矢を放つ。矢は狙い違《たが》わず鳴女に向かって真っ直ぐに飛び、鳴女の胸を射抜いた。

鳴女は地に落ちた。

アメノワカヒコは自慢げにアメノホヒノ神を振り向いた。

「さすがはアメノワカヒコだ」

「なんの。この天の弓と天の矢の威力よ」

「誠にこの弓と矢は、一度放たれたらどこまでも勢いを弱めずに飛んでいくものよ」

二人は笑いあった。

*

淤能碁呂の御殿ではアマテラスと思金神が、鳴女の帰りを待っていた。

「鳴女はどうしたのでしょう。帰りが遅いようです」

「アマテラス様」

フトダマノミコトが御殿にやってきた。その手には一本の矢を持っている。

「どうしたのです。フトダマノミコト」

「はい。淤能碁呂の果ての地に、この矢が落ちていました。これはアマテラス様の矢ではあるまいかと思いまして」

アマテラスはフトダマノミコトの持ってきた矢を手に取った。

「たしかにこの矢はアメノワカヒコに持たせた天の矢」

「その矢がどうして淤能碁呂にあるのです」

アマテラスは首を捻《ひね》った。

「その矢を見せてください」

思金神がアマテラスから天の矢を受け取る。

「この矢には微《かす》かに血がついている」

「え」

思金神の言葉に、アマテラスとフトダマノミコトが矢を覗《のぞ》き込む。

「どういうことですか」

「鳴女がアメノワカヒコに射抜かれたのでしょう」

「なんですって」

「鳴女を射抜いた矢が、勢いを弱めずにそのままこの淤能碁呂に届いたのですよ」

「なぜそのような」

「おそらく、アメノホヒノ神とアメノワカヒコが、反乱を起こしたのです」

「反乱……」

思金神は頷《うなず》いた。

「アメノホヒノ神とアメノワカヒコは、大国主を武力によって倒し、自分たちが葦原中国を乗っ取ろうという邪心を起こしたに違いない。だからこそ鳴女は討たれたのです」

「そのようなことは信じられません」

「ではなぜ血のついた天の矢がこの渺能碁呂にあるのです」

「それは……」

「すぐにアメノホヒノ神とアメノワカヒコを成敗せねばなりません」

アマテラスの目にうっすらと涙が溜《た》まる。

「二神ともわらわの手の者です。疑うことはできませぬ」

「しかしこのままでは葦原中国を豊かに治めている大国主が、武力によって討たれてしまう」

「どうすればよいのでしょう」

「その矢に念を封じ込めなさい」

アマテラスとフトダマノミコトは訝《いぶか》しげに思金神の顔を見た。

「どのような念を込めるのです」

「もしアメノワカヒコとアメノホヒノ神に二心無いのなら、この矢よ、二神に当たるな。もし二神に邪心あるのなら、二神を射抜けと」

アマテラスは思金神の顔を見つめた。

「判りました」

アマテラスは天の矢に念を封じ込めた。

「ではフトダマノミコトよ。この矢を葦原中国に向かって射るのだ」

思金神はフトダマノミコトに天の矢を渡した。

フトダマノミコトは渾身《こんしん》の力を振り絞り、葦原中国に向かって矢を放った。

矢は葦原中国に向かって飛び去った。

その矢はアマテラスの思いも虚《むな》しく、アメノワカヒコとアメノホヒノ神を射抜いた。

十八、大国主神の国譲り

アマテラスが葦原中国《あしはらのなかつくに》に遣わしたアメノワカヒコとアメノホヒノ神は謀反《むほん》を起こして成敗された。

「今度はいったい誰を遣わしたらいいのでしょう」

アマテラスは長い息を吐きながら思金神《オモヒカネノカミ》に向かって呟《つぶや》いた。

「今度は心の真っ直ぐな者を行かせなければなりません」

アマテラスは頷《うなず》く。

「しかし、淤能碁呂《おのごろ》には大国主《おほくにぬし》の子供でタケミナカタノ神という者があるそうです」

「タケミナカタノ神……」

「そうです。遣いの者は、そのタケミナカタノ神よりも力が強いものでなければ、当然、大国主様の信頼を得ることはできないでしょう」

「では、タヂカラヲをやりましょうか」

「タヂカラヲでは躰《からだ》が大きすぎる。天鳥船《あめのとりぶね》に入りきりません」

「天鳥船を出すのですか」

天鳥船は高貴な神々しか乗ることを許されていない船である。

「そうです。天鳥船に乗せることによって、遣いの者の心を引き締めるのです」

「判《わか》りました。して、天鳥船に乗ることができて、タケミナカタノ神にも負けない力の者というと」

「天の河の水上に、建御雷之男神《タケミカヅチノオノカミ》という者がいます」

「建御雷之男神……」

「その者ならばきっとタケミナカタノ神にも引けを取らないでしょう」

「判りました」

さっそく天の河の水上から建御雷之男神が呼び寄せられた。

建御雷之男神は逞《たくま》しい若者だった。だが、その顔は荒々しく、アマテラスを脅えさせた。

「思金神。本当にこの者で大丈夫なのでしょうか」

アマテラスは小声で思金神に尋ねた。

「心配されるな」

「でも、また謀反を起こさぬでしょうか」

「大丈夫です。この者は信頼できます」

思金神は建御雷之男神に向き合った。

「建御雷之男神」

「は」

「お前をアマテラス様の遣いとして天鳥船に乗せる」

「天鳥船に……」

建御雷之男神は感激した様子で声を震わせた。

「淤能碁呂に行き、大国主様に会って、国譲りの談判をするのだ」

「判りました。この建御雷之男神。命に代えましてもアマテラス様の命《めい》、果たして参ります」

建御雷之男神は天鳥船に乗り込んでいった。

＊

建御雷之男神は天鳥船で宙を行き、葦原中国に着いた。

御殿を探し出し、大国主に面会を求めた。大国主は御殿の中に建御雷之男神を招き入れた。

「大国主様」

建御雷之男神は跪《ひざまず》いた。

「私はアマテラス様の命によりこの葦原中国にやって参りました」

「どういう用だ」

「はい。この葦原中国は、いや、もともとの淤能碁呂でさえ、アマテラス様の物です。そのアマテラス様の物であるこの葦原中国を、アマテラス様の元に返していただきたくお願いに参った次第です」

「この葦原中国を、アマテラス様自ら治めようというのか」

「いえ。アマテラス様のお子であらせられるアメノオシホミミノミコトに任せる所存でございます」

「そうか」

大国主は建御雷之男神をじろりと睨《にら》んだ。

「私とて葦原中国をアマテラス様にお返しすることに未練はない。だが、そなたが本当にアマテラス様の命を担うほどの男なのか、確かめさせてもらうぞ」

そういうと大国主は一人の男を呼んだ。その男は建御雷之男神よりも一回りも大きな躰をしていた。その腕は太く、肉が堅く盛り上がっている。顔は穏やかだが、不敵な笑みを浮かべている。

「この男は私の息子でタケミナカタノ神というものだ」

タケミナカタノ神は建御雷之男神にお辞儀をした。

「そなたとこのタケミナカタノ神とで力比べをしてもらおう」

「ほう」

建御雷之男神の顔が緩んだ。

「力比べにはいささか自信があるが」

「では相手にとって不足は無し。いざ表へ出られよ」

一同は御殿の前の広場に集まった。

「始めよ」

大国主のかけ声と共に、建御雷之男神とタケミナカタノ神はがっぷりと組み合った。

建御雷之男神は相手を投げ飛ばそうとしたが、相手の力は強く、ぴくりともしない。

（これは思ったより手強い）

建御雷之男神がそう思ったとき、相手が腕に力を込め、逆に建御雷之男神を投げにかかる。建御雷之男神の躰がぐらりと傾く。見ている者の間から「おお」という声が挙がる。

「なんの」

建御雷之男神はすんでの所で倒れずに踏みとどまった。だが、タケミナカタノ神は休む暇を与えずに力をかけてくる。建御雷之男神は倒れそうになる。

「終わりだ。建御雷之男神」

タケミナカタノ神はそういうと、建御雷之男神を地面に叩《たた》きつける。

（アマテラス様）

建御雷之男神は高天原《たかまがはら》全体の光を統治するアマテラスから命を受けていることを思い出した。そしてその一族の高貴な神々しか乗ることのできない天鳥船に乗せてもらったことを。

（ここで負けるわけにはいかない）

建御雷之男神は地面に躰がつく寸前で踏みとどまった。雄叫《おたけ》びをあげる。建御雷之男神の腕の肉がみるみるうちに盛り上がる。

　ふたたび雄叫びをあげる。

　建御雷之男神はタケミナカタノ神を持ち上げ、地面にうち下ろした。

　タケミナカタノ神は地面に横倒しになった。

「ま、まいった」

　一瞬の静寂の後、どよめきが起こる。

　建御雷之男神が大国主の息子に勝ったのだ。

　大国主は建御雷之男神の前に進み出た。

「建御雷之男神殿。この葦原中国を、仰せの通り、ことごとく献上いたしましょう。私は遠い場所で隠退いたします」

　建御雷之男神は大国主に跪いて頭を下げた。

十九、邇邇芸命《ニニギノミコト》の生誕

アマテラスは息子のアメノオシホミミノミコトを御殿に呼んだ。

アメノオシホミミノミコトの顔が少し赤いことにアマテラスは気がついた。どうしたのだろう。だが、大したことはあるまい。

「オシホミミ。荒れ果てていた葦原中国《あしはらのなかつくに》は、大国主《おほくにぬし》の尽力により平定されました。豊かで住み良い土地になったのです。お前にあの土地を授けましょう。今日からお前が葦原中国を統治するのです」

「オレが」

「そうです。お前は神の一族として葦原中国を統治するのです」

「やめておこう」

「何と言いました」

「やめておこうと言ったのだ。オレはそのような面倒なことはしたくない」

「何を言っているのです。大国主から葦原中国を譲り受けるために、どれほどの苦労をしたことか」

「そのような苦労はオレには関《かか》わりのないこと」

そういうとアメノオシホミミノミコトは御殿を去っていった。

アマテラスは褥《しとね》に倒れるように横たわった。

「ああ」

アマテラスは嘆いた。

「いったいどうしたらよいだろう」

アマテラスの褥の部屋の扉が開いた。アマテラスは半身を起こして振り向いた。

扉の光を背にして一人の人影が見える。

「誰です」

アマテラスは誰何《すいか》した。

影はアマテラスに向かって近づいてくる。

「誰です」

「アマテラス様」

声の主はアメノウズメだった。

「アメノウズメ」

アメノウズメは横たわるアマテラスの肩に手をかけた。

「どうしたのです」

「葦原中国を統治するはずのアメノオシホミミノミコトがいうことを聞きません」

アマテラスは溜息《ためいき》を漏らす。

「アメノオシホミミノミコト様はお心の細いお方。無理もありません」

「アメノオシホミミノミコトの心根が細いというのか」

アメノウズメは頷《うなず》く。

「オシホミミは豪放磊落《ごうほうらいらく》な男」

「見たところそのように思えますが、豪放磊落を装う男ほど、心根は細いものなのです」

アメノウズメはアマテラスの腕をさするようにして手を握る。

「葦原中国を統治するならば、アメノオシホミミノミコト様よりも適したかたがいらっしゃいます」

「オシホミミよりも適した……」

アメノウズメは頷く。

「でも、わらわは自分の子どもに葦原中国を渡したいのです」

「子どもの子どもではいかがでしょう」

「子どもの子ども……」

「そうです。アメノオシホミミノミコト様がトヨアキツ姫との間にお作りになったお子です」

「トヨアキツ姫との……」

アメノウズメは頷く。

「では、ニニギノ命《ミコト》を」

「はい。ニニギ様はアメノオシホミミノミコト様よりも、ずっと大胆なおかた」

「あのニニギがですか」

ニニギはまだ若い。少年といってもよい。そしてその躰《からだ》の線は細く、顔は美しい。女子たちからもてはやされはするだろうが、屈強の男たちを従える度量はないように思われる。

「案じなさいますな。わたしが見たところ、ニニギ様はアメノオシホミミノミコト様よりもずっと肝の据《す》わったおかたです」

「でも」

「どうかお任せください」

「判りました。お前がそういうのなら、葦原中国はニニギに任せることにしましょう」

アマテラスはアメノウズメの手を握り返した。

「でも、お前に一つ頼みがあります」

「はい」

「葦原中国まで、ニニギを送り届けて欲しいのです」

「わたしがですか」

「そうです」

「護衛の役目ならばわたしよりも遥《はる》かに適した御仁がたくさんいるはず」

「いいえ。お前はどのような困難にも常に的確な判断を下せる賢い女子《おなご》です。そのお前ならば必ずや無事にニニギを葦原中国に送り届けてくれると思うのです」

アマテラスはアメノウズメを見つめる。

「でも、わたくしはこの淤能碁呂《おのごろ》を離れたくはありません」

アメノウズメはアマテラスの両肩に手をかけた。

「わらわもお前と離れたくはない」

アマテラスもアメノウズメを抱きしめる。

「でも、この淤能碁呂から葦原中国までは遠い道のり。可愛《かわい》い孫のニニギをやるには、ぜひお前の助けがいるのです」

アメノウズメはアマテラスを見つめる。

「いやです」

アメノウズメもアマテラスを強く抱きしめる。

「アメノウズメ。わがままを言わないでください。わらわには判《わか》っているのです」

「判っている……」

「はい」

「いったい何を判っているのです」

「運命《さだめ》です」

「運命……」

「そうです。お前はこの淤能碁呂を離れる運命なのです」

「離れて何が待っているのです」

「それはお前自身が確かめるよりありません」

アマテラスはアメノウズメの唇に自分の唇を重ねた。

二十、天孫の降臨

アマテラスは、ニニギとアメノウズメが葦原中国《あしはらのなかつくに》に出立する前に、二人を天《あめ》の石屋戸《いわやど》に呼んだ。

「ニニギ」

「はい」

ニニギはアマテラスの前にひざまずいた。

「お前はこれから葦原中国に行って、その地を治めなければなりません」

「はい」

「お前は高天原《たかまがはら》の光を統治するこのアマテラスの直系の子孫であることを忘れてはなりません」

「判《わか》っております」

「これはお前だけのことではないのです。お前の子々孫々が綿々と引継いでいかなければならないことなのです」

ニニギは笑顔のまま不思議そうにアマテラスを見つめた。

「お前に始祖の証《あかし》として、三つの宝を授けます」

「三つの宝……」

「そうです」

アマテラスは樫《かし》の木でできた大きな箱を開けた。

「これは八尺瓊勾玉《やさかにのまがたま》です」

アマテラスはニニギに巴《ともえ》の文様の形をした宝珠を渡した。

「これは八咫鏡《やたのかがみ》です」

アマテラスは煌《きら》めく鏡を渡す。

「この鏡にはわらわの思いが込められています」

「はい」

「そしてこれが草薙《くさなぎ》の剣《つるぎ》です」

アマテラスは最後に長い剣を渡した。

「この剣はスサノヲノ命が、ヤマタノヲロチを退治したときに得た剣です」

ニニギはアマテラスから渡された草薙の剣を手に取り、物珍しそうに見つめた。

「それら三種の神器《じんぎ》を携えて行きなさい」

「判りました」

ニニギは深く頭を下げた。

アメノウズメはニニギと二人きりで大きな船に乗った。

ニニギは美貌《びぼう》の若者だった。だがどことなく頼りなげに見える。だからこそアマテラスはニニギの葦原中国行きを心配したのだろう。

アメノウズメはニニギの美しい顔を凝視した。

「どうした。ボクの顔に何かついてるのか」

「いえ」

ニニギは肝の据わった若者だ。アメノウズメはそう感じていた。だが、ほかの者はニニギをそうは見なかった。

（ニニギが他の者に与える頼りなさはどこから来るものだろう）

アメノウズメはその事を考えていた。そして自分なりの答えを見つけた。

「ニニギ様」

「うん」

「あなたは肝の据わったおかた。必ずや葦原中国をうまく治めてくれるはずです」

「ああ。ボクも自信はあるよ」

「でも、お気をつけください。臣下や民草《たみくさ》は、あなた様の心の中までは見ないもの。ニニギ様は何ごとにも自信がおありになる。でも、その事が徒《あだ》となることもあるのです」

「どういうことだ」

ニニギは笑顔で訊《き》いた。

「ニニギ様が何ごとも笑顔でこなすことを、ほかの者どもは信じられぬのです」

ニニギは笑顔のまま首を傾《かし》げている。

「もっと必死になって事をやり遂げる姿をほかの者どもは期待しているのです」

「そんなことをいっても、ボクは必死にならなくても大抵のことなら成し遂げてしまうよ」

「それはニニギ様がアマテラス様直系の神であるから。でも、それでは誤解を与える元になります」

「お前は心配性だな」

ニニギは輝くような笑みをアメノウズメに向けた。

「ボクにはわざと苦労をするような芝居はできないよ」

「困りました」

ニニギの、まるで女子《おなご》のような優しげな顔が、高天原や淤能碁呂《おのごろ》よりも荒い人々が住む葦原中国で通用するのだろうか。

「アメノウズメ。ボクにはアマテラス様から授かった三種の神器がある。心配は無用だ」

「三種の神器はニニギ様がアマテラス様直系の子孫であることを証立てるに過ぎません」

「それで充分だ」

ニニギ様は少し政《まつりごと》を軽く見過ぎているのではないか。アメノウズメはそれが心配だった。

「あ」

ニニギが声をあげた。

アメノウズメが倒れた。

船が揺れたのだ。

「大丈夫か、アメノウズメ」

「はい」

ニニギがアメノウズメの腕をとって起きあがらせる。

「もったいのうございます」

ニニギが腕を取ったままアメノウズメを見つめる。

ニニギの輝くような笑顔に見つめられて、アメノウズメは少しどぎまぎとした。

「ニニギ様。なぜこの船が揺れたのかを突き止めなければなりませぬ」

アメノウズメはニニギを見つめ返す。

「判った」

ニニギはアメノウズメの腕を放した。

二人は船の前方の覗《のぞ》き穴から外を覗いた。

「あれは」

アメノウズメが声を洩《も》らす。

「不思議だ」

「どうしてあのような」

ニニギが呟《つぶや》く。

覗き穴から、宙に浮かんだもう一つの船が見える。

その船には棒が立てられ、髑髏《どくろ》をあしらった布が結びつけられている。

「不思議だ。この高天原の、淤能碁呂と葦原中国以外の宙には大気がないゆえ、風は吹かぬはず。なのになぜあの布ははためいているのだろう」

「たしかに」

「よほど霊力のある者が乗っているに違いない」

ニニギは覗き穴から目を離さない。

「あの船は光り輝いています。その光が高天原も葦原中国をも照らしています」

「だが困った。あの船は我々の船の進む道筋の途中に止まっている。このままでは我々は葦原中国に着くことはできない」

いつも笑顔を絶やさないニニギが、このときばかりは顔を曇らせた。

（なんとかしなければ）

このときのためにアマテラス様はわたしをニニギ様のお供につけたのだ。

「ニニギ様。船をあの船のそばにおつけください」

「どうする気だ」

「あの船に渡ってみます」

「あの船に渡るだと」

「はい」

「だが、あの船にはどんな恐ろしい者が乗っているか知れないのだぞ」

「判っています。でも、このようなときにお役に立てなければ、わたしはアマテラス様に顔を合わせることはできないのです」

アメノウズメは必死の面もちでニニギを見つめる。ニニギはアメノウズメのその眼を見て頷《うなず》いた。

「判った。お前に任せよう」

「ありがとうございます」

アメノウズメは頭を下げると、船をもう一つの船の脇に近づけた。

扉を開けてアメノウズメはもう一つの船に呼びかけた。

「われらは淤能碁呂より葦原中国に渡ろうとする者。お前はなぜにわれらの邪魔をするのか」

宙に浮かぶ船はアメノウズメの呼びかけに答えようとはしない。

「誰もいないのか。いるのなら返事をするがよい」

アメノウズメはさらに声を張り上げる。だが、やはり返事はない。

アメノウズメは船に積み込まれた小舟を用意する。

「どうする気だ」

「直《じか》にあちらの船に近づいてみます」

アメノウズメはニニギの返事も待たずに小舟に乗り込み、宙に乗り出した。

光る船の扉の脇に小舟をつける。

「この扉を開けなさい」

アメノウズメは扉に向かって叫んだ。

返事はない。宙は静まり返っている。

(この船にわたしが体当たりをして砕け散ろうか)

そう思ったとき、扉が幽《かす》かに動いた。

アメノウズメはハッとして扉を見つめる。

「威勢の良い女神さまだ」

扉が開いて、男性の、よく通る深い声が聞こえてきた。

アメノウズメは迷わずにその扉の中に飛び込んだ。扉が閉まる。

船の中には、逞しい躰をした男が木の切り株に坐《すわ》ってアメノウズメを見つめていた。

「わたしはニニギ様のお供のアメノウズメという者。あなたの名前をお聞かせください」

「その前に、ニニギというのは何者だ」

「ニニギ様はこの高天原を統《す》べるアマテラス様の孫。これから葦原中国を治めに行くところなのです。ところがあなたの船が行く手を阻み、困っています」

「なるほど」

男は薄笑いを浮かべた。

「さあ。こちらは名乗りました。今度はあなたが名乗ってください」

「俺はこの船の長《おさ》でサルタヒコという者だ」

「サルタヒコ……」

どこかで聞いた覚えがある。たしか優れた武力と強い男の心を持った船乗りの名前ではなかったか。

(この男なら、ニニギ様の足りないところを助けてくれるのではないか)

アメノウズメの心がにわかにぴんと張りつめた。

「もしよろしければ、ニニギ様を助けて一緒に葦原中国に行ってはくれまいか」

アメノウズメはサルタヒコを見つめる。

「お前の願い、聞いてやらぬでもないが」

「本当ですか」

突然、サルタヒコがアメノウズメの腕を摑《つか》んだ。

「何をなさいます」

「俺の女になれ」

「何を言われます」

サルタヒコはその太い腕でアメノウズメの衣服を剝《は》ぎ取った。アメノウズメは丸裸にされ、両の腕をサルタヒコに摑まれている。

アメノウズメはサルタヒコを睨《にら》みつけた。

「怖い目で睨むな。俺はお前に惚《ほ》れたのだ。惚れた女を抱いて何が悪い」

「わたしはニニギ様に仕える身。勝手に他の男に抱かれるわけには参りませぬ」

「俺の知ったことではない」

サルタヒコはアメノウズメを船の床に押し倒した。

船の扉が突き破られた。

サルタヒコがアメノウズメを床に押し倒したまま顔を上げる。アメノウズメも首を廻《まわ》して扉を見る。

光り輝く剣を手にした若者が立っている。

「ニニギ様」

ニニギは船の中に躍り込んだ。

「その手を離せ」

「お前は何者だ」

サルタヒコが起きあがりながら言う。

「ボクはニニギ。葦原中国を統治する者だ」

「ほう」

サルタヒコは素早く脇に置かれていた鉈《なた》のように太く長い剣を手に取った。

片方の手でしっかりと裸のアメノウズメを掴んでいる。

「その手を離せと言っているのが聞こえないのか」

ニニギが手にした剣を構える。

「ニニギ様。おやめください。わたしがこのサルタヒコに抱かれれば済むことです。そうすればこの男はここを通してくれるでしょう」

「そんなことはボクが許さない」

「おもしろい」

サルタヒコは放《ほう》り投げるようにしてアメノウズメの腕を放した。

「この俺に剣で挑もうというのか」

「ボクに剣で勝った者はいない」

「俺も今まで負けたことがないのだ」

サルタヒコはにやりと笑った。

いきなりサルタヒコの大鉈《おおなた》がニニギを襲った。

「危ない！」

アメノウズメが叫ぶ。ニニギはサルタヒコの懐に飛び込んだ。サルタヒコは大鉈をとっさに下げてニニギの剣を受け止める。

大鉈と剣の間に火花が飛び散る。

二人は剣を重ねたまま腕を持ち上げる。

「そんな細い腕では俺の剣は受けきれないぞ」

「どうかな」

ニニギは笑みを浮かべた。

徐々にニニギの剣がサルタヒコの大蛇を押している。

「これは」

ニニギが剣を払った。サルタヒコが後ろへ下がる。ニニギはサルタヒコに向かって飛び跳ねた。

サルタヒコがニニギに向って大蛇を突き出す。ニニギは手にした剣で大蛇を払う。大蛇はまっぷたつに割れ、切っ先が天井に刺さった。

ニニギは剣をサルタヒコに向ける。

サルタヒコは動けない。

「どうだ」

「俺の負けだ」

サルタヒコは欠けた大蛇を捨てた。

「ニニギ様」

アメノウズメが衣服を羽織って呼びかける。

「ニニギ様。この男はサルタヒコという、名の知れた漢《おとこ》。この男を連れて葦原中国に行けば、必ず役にたつでしょう」

「この男はならず者だぞ」

「でも誰よりも潔い心を持っています」

アメノウズメはサルタヒコを振り返る。

「お前がそういうならボクはかまわない」

アメノウズメが頷いた。

「サルタヒコ。どうかニニギ様を助けて一緒に葦原中国に行っておくれ」

アメノウズメとニニギがサルタヒコを見つめる。

サルタヒコは黙っている。

「お願いです。あなたの力がいるのです」

「判った」

サルタヒコは木の切り株に腰を下ろした。

「お前もニニギも気持ちのよい人物だ。俺はお前たちに負けた。お前たちのいう通りにしよう」

ニニギは頷くと剣を収めた。

＊

三人はサルタヒコの船で話し合いをしていた。

「葦原中国は一つの大きな世界なのだ。生半可なことでは統治できない」

サルタヒコの言葉にアメノウズメとニニギが頷く。

「ニニギ。お前には人を魅《ひ》きつける不思議な力がある。だからこそ、自分で剣を取ってはいけない」

「ボクはサルタヒコに勝ったぞ」

「あれはお前の力ではない。剣の力だ」

ニニギが手にしていたのは、アマテラスから授かった草薙の剣。

「たしかにそうかもしれない」

ニニギはあっさりとサルタヒコの言葉を認めた。

「腕の立つものと、知恵の回るものを、呼び寄せなければならない」

「腕の立つ者と」

「知恵の回る者……」

サルタヒコは頷く。

「ボクには智恵《ちえ》があるし、サルタヒコは腕が立つ。それで充分ではないか」

「王たるもの、自ら動くべきではない。お前はそれらの者を使う立場になればいい。また腕の立つものは、俺の他にもう一人いる。それも俺より腕の立つものがよい」

「だけど、ボクより智恵がある者、サルタヒコより腕が立つ者なんて、いるのだろうか」

ニニギは考え込んでいる。

「ニニギ様」

アメノウズメがニニギに声をかける。

「なんだ」

「あの二人を淤能碁呂から呼び寄せましょう」

「あの二人とは誰だ」

サルタヒコが不思議そうに二人を見つめる。

アメノウズメとニニギは、笑みを浮かべて頷きあった。


二人が呼び寄せたのは、思金神《オモヒカネノカミ》とタヂカラヲノ神だった。

「この思金神は、高天原で一番の智恵者。そしてタヂカラヲは、高天原で一番の力の持ち主」

タヂカラヲの大きさにサルタヒコは驚いている。また思金神の眼《め》を見て、その智恵の深さを見抜いたようだ。

「なるほど。この二人ならば心強い」

二人はニニギの船に乗った。

ニニギとサルタヒコ、二隻の船は高天原の宙を飛び、葦原中国に近づいた。

「ニニギ様。雲が増えてきました」

「かまうな。突き進め」

ニニギが笑顔で言う。船は雲をかきわけて進む。サルタヒコの船が後に続く。

「いよいよ葦原中国です」

アメノウズメが窓を見ながら言う。

船が止まった。

「どうした」

「天の浮き橋です」

ニニギは窓から外を見る。

「何も見えぬではないか」

宙にはただ雲が漂うばかりである。

「天の浮き橋は目には見えませぬ」

「なに」

「しかし確かにあるのです。ここからは船は進めません。船を下りてください」

「船を下りたら地に落ちてしまうではないか」

「いいから下りてください。そうしなければならないのです」

ニニギは困って思金神をかえりみた。

「アメノウズメのいう通りにすることだ。ここまで強くいうのだ。きっとアマテラス様から何かをいいつかっているにちがいない」

「なるほど」

ニニギは頷いた。

「ここから降りればよいのだな」

「はい」

「ここは何という土地なのだ」

「筑紫《つくし》の日向《ひゅうが》の、高千穂《たかちほ》という山です」

「高千穂……」

「思金神、タヂカラヲ、ニニギ様を先導してください」

「判った」

思金神とタヂカラヲが先に船を下りた。

二人は船を出ると、宙に足をつけるように浮かんでいる。

「行きましょう」

アメノウズメに促されて、ニニギが船を出た。

ニニギが宙に浮く。

一筋の光が射した。その光は船から遥《はる》か下方に伸びてゆく。その光に雲が蹴散《けち》らされるように飛び散ってゆく。

光の伸びる先を見ると、微《かす》かな雲がなびく山が見えてくる。

「あれが高千穂の山です」

思金神とタヂカラヲの躰が自然に動き出す。

続いてニニギとアマテラスの躰が動く。その後方からは、やはり船を下りたサルタヒコが続いている。

高千穂の麓《ふもと》の民草たちが、ニニギたちを見つけて騒ぎ出した。

神々は高千穂の山に降り立った。

「あの先に見えるのは」

「韓国《からくに》でございます」

アメノウズメの言葉にニニギは頷く。

「この地は韓国に向かい、朝日が真っ直ぐに当たり、夕日が明るく照る地だ。本当によい土地だ」

ニニギに従う神々がみな頷いた。

「さあ、この地に立派な宮殿を造ろう」

サルタヒコが大きな声で言った。

「ここから始まるのだ。葦原中国の古事記《ふることぶみ》が」

ニニギの横顔に、いくすじもの光が当たっていた。

二十一、木花之佐久夜毘売《このはなのさくやひめ》

しばらくはニニギの政《まつりごと》は順調だった。

サルタヒコとタヂカラヲは武力を束《たば》ね、逆らう者はいなかった。

また思金神《オモヒカネノカミ》は惜しみなくニニギに智恵《ちえ》を与えた。

だが、このところ、ニニギの顔は鬱《ふさ》ぎがちだった。

(判《わか》らぬ)

サルタヒコは首を捻《ひね》った。

(葦原中国《あしはらのなかつくに》の政は都合よく捗《はかど》っている。なのになぜニニギ様は鬱ぎ込んでいるのだ)

いくら考えても判らなかった。サルタヒコは、夫婦《めおと》となったアメノウズメにも話を持ちかけたが、アメノウズメも見当がつかぬ様子。

(思金神に訊《き》くしかあるまい)

サルタヒコは思金神の屋敷を訪ねた。

思金神は庭の樫《かし》の木に背を預け、目を瞑《つむ》り物思いに耽《ふけ》っていた。

「思金神」

サルタヒコに呼びかけられて、思金神は目を開けた。

「どうした」

「うむ。実はニニギ様のことなのだが」

「何か不都合があったのか」

思金神の問いかけに、サルタヒコはなかなか答えようとしない。

「ニニギ様は若さに似ず、葦原中国をよく治めていらっしゃる。どこに不都合があるのだ」

「この国をよく治めていることに異を唱えるつもりはない。だがそれだからこそ、このところのお鬱ぎようが解せぬのだ」

サルタヒコは思金神を見つめた。思金神は波のように曲がった長い髪を掻《か》き上げた。

「なんだ。そのようなことか」

「そのようなことかだと」

「ああ」

「お前にはニニギ様の憂鬱《ゆううつ》の元が判っているというのか」

「判っている」

思金神は平然と答えた。

「教えろ。その元とは」

「お前だ」

思金神は寄りかかっていた大木の小枝を折り、口に銜《くわ》えた。

「俺だと……」

「そうだ」

サルタヒコは口をあんぐりと開けた。

「馬鹿なことを言うな。俺はニニギ様を助けて力を尽くしているつもりだ。その俺がなぜ鬱ぎの元なのだ」

「判らぬのか」

「判らぬ」

サルタヒコは思金神に詰め寄った。

「わけを話せ。返答次第ではいかにお前といえども許さぬぞ」

サルタヒコは腰の剣に手をかけた。

「ならばいうが」

思金神は口の小枝を揺らした。

「ニニギ様は、アメノウズメ殿を好いていた」

「なに」

虚をつかれたかのようにサルタヒコは言葉を詰まらせた。

「だがニニギ様はアメノウズメ殿の心がご自分にないことに気づいていたのだ。だからお前たちが夫婦になることも黙って許した。それ以来、鬱ぎがちになられたのだ」

思金神は長い髪の隙間《すきま》から鋭い眼光を発してサルタヒコを見つめた。

「本当なのか」

思金神は頷《うなず》いた。

「どうすればよい」

「ニニギ様に、お忍びで旅にでも出てもらおうか」

「旅に……」

「そうだ。旅は心を癒《いや》すものだ」

「それはまずい。その間の政はどうするのだ」

「俺とお前で何とかすればよい。ニニギ様のお心が癒《いえ》るまで」

これは一大事だとサルタヒコは思った。だが、葦原中国、いや、高天原《たかまがはら》を含めても随一の知恵者といわれる思金神の言葉を信じるしかないのだとサルタヒコは覚悟を決めた。

＊

思金神から旅に出るように進められたニニギは、供の者も連れずに勝手に一人で旅立ってしまった。

行き先も誰にも告げていない。

（今ごろ宮殿は大騒ぎをしているに違いない）

だが、思金神とサルタヒコがいる限り、政に不安はない。

ニニギは思金神とサルタヒコの心遣いに感謝をした。

日向高千穂《ひゅうがたかちほ》の宮殿を後にすると、ニニギは南へ向かった。

なぜ南へ向かったのかは判らない。何かがニニギを呼んだのだ。

木々が生茂る深い山をいくつも越えて、ニニギは薩摩《さつま》の国にたどり着いた。

山の麓《ふもと》の村には、肌の色の浅黒い、体毛の濃い人々が住んでいた。

村人たちはニニギをじろじろと見た。髪の色も肌の色も薄く、また線の細いニニギが珍しいのだろう。

ニニギは村を抜け、また旅を続けた。旅を続けるうちに、ニニギの心は少しずつ落ち着きを取り戻していった。

いくつもの村を通り、村人たちに宿を借り、人々の素朴な心に接するうちに、アメノウズメへの思いが薄くなり、サルタヒコと仲睦《なかむつ》まじく暮らせるように素直に思えるようになった。

(不思議なものだ。旅をしているうちに心に少しずつ晴れ間が広がり始めた)

松林を歩いているとき、ニニギは潮の香りを感じた。

(近くに海がある)

日向の国からかなり遠くまでやってきたのかも知れない。

松林を抜けると海が見えた。

浜辺である。

ひとりの若い女が海に向かって立っている。白い服を着た髪の長い女だ。

ニニギは女に向って足を踏みだした。

女はニニギの気配に気がつき振り向く。

卵のような綺麗《きれい》な輪郭をした、可愛《かわい》らしい顔をしている。女は大きな丸い目を見開いてニニギを見つめている。

ニニギはなかなか言葉を発することができなかった。女が光り輝いて見える。

女は顔をしかめた。

「驚かして済まなかった」

ニニギはようやく言葉を絞り出した。

女は首を横に振った。

「ボクはニニギ。あなたの名を聞かせておくれ」

「わたしは大山津見神《オホヤマツミノカミ》の娘でカムアタツヒメ」

女は細いがよく通る声で答えた。

「別の名をコノハナノサクヤ姫と申します」

「コノハナノサクヤ姫……」

女はお辞儀をした。

ニニギはコノハナノサクヤ姫に心を奪われた。

特別美しい女ではない。だが、コノハナノサクヤ姫の声や顔や所作の一つ一つが、ニニギの心を惹《ひ》きつけて放さない。

　コノハナノサクヤ姫もニニギを、潤んだような目で見つめている。

　お互いに、相手の気持ちを悟った。

　ニニギはコノハナノサクヤ姫に近づき、その細い躰《からだ》を抱きしめた。

「ああ」

　コノハナノサクヤ姫は声を洩《も》らした。

「コノハナノサクヤ姫。あなたこそボクの探し求めていた人だ」

　ニニギはコノハナノサクヤ姫を抱きしめる腕に力を込める。

「ニニギ様。嬉《うれ》しうございます」

　コノハナノサクヤ姫もニニギの胸に顔を埋《うず》めた。

　ニニギはコノハナノサクヤ姫の腕を掴《つか》み、その顔を見つめた。コノハナノサクヤ姫もニニギの顔を見つめ返す。

　二人は唇を重ねた。お互いの口を吸い合う。

「コノハナノサクヤ姫」

　ニニギはコノハナノサクヤ姫の目を見つめながらいう。

「夫婦《めおと》になっておくれ」

　突然、コノハナノサクヤ姫の顔が曇った。

「どうした」

「それはできません」

「なに」

コノハナノサクヤ姫はニニギの腕を逃れた。

「なぜだ。ボクにはあなた以外の人はもう考えられない。それはあなたも同じ気持ちの筈《はず》だ」

コノハナノサクヤ姫は顔を伏せる。

「どうしてボクの気持ちを判ってくれない」

「ニニギ様のお気持ちはよく判っております。そしてわたしも同じ気持ちです」

「ならばなぜ」

海から押し寄せる波がコノハナノサクヤ姫のふくらはぎを叩《たた》いた。

「わたしには美しい姉がいます」

「それがどうしたのだ」

「姉はまだ男に嫁いでおりませぬ。姉が嫁がぬ限り、わたしがあなた様と夫婦になることはできないのです」

「しかし」

「それが掟《おきて》なのです」

「ならば掟を変えればいいではないか」

「掟を変える……」

「そうだ」

ニニギは強い視線をコノハナノサクヤ姫に送った。

「父に、大山津見神に聞いてみます」

そういうとコノハナノサクヤ姫はニニギの元を走り去った。

＊

海辺の村の空き家にニニギは宿を取った。

夜、なかなか寝つかれずに、蒲団《ふとん》の中でコノハナノサクヤ姫の顔を思い浮かべていると、表がざわつき始めた。

（何事だ）

ニニギは蒲団から躰を起こした。

戸が開けられた。

屈強の男たちが家の中に入ってきた。ニニギは素早く枕元《まくらもと》の剣を取った。

「お待ちください。我らは大山津見神の遣いの者」

「大山津見神……。してこのような夜に何用だ」

「イハナガ姫をお連れしました」

そういうと、男たちの背後から、たいそう美しい姫が進み出た。

顔はコノハナノサクヤ姫よりも細く、目は切れ長で瞳《ひとみ》は深い光を発している。鼻筋も通り、唇も形よく整っている。背もコノハナノサクヤ姫より高い。

「ニニギ様。イハナガ姫と申します。あなた様の妻になるように、父神から仰せつかって参りました」

凛《りん》とした声でそういうと、イハナガ姫はお辞儀をした。

イハナガ姫の背後には、コノハナノサクヤ姫の姿が見える。イハナガ姫に美しさでは敵《かな》わないが、どこか愛嬌《あいきょう》のある顔をしている。その顔をニニギは好ましく思った。

「姉を、よろしくお願いします」

コノハナノサクヤ姫がニニギに頭を下げる。

「イハナガ姫。悪いが、そなたを妻にすることはできぬ」

ニニギの言葉に、イハナガ姫の顔が強ばった。

「どうしてです」

「ボクはもうコノハナノサクヤ姫と出会ってしまった。そしてお互いに魅《ひ》かれ合ってしまったのだ」

イハナガ姫はゆっくりと後ろを向いた。

コノハナノサクヤ姫の顔が青ざめる。

「ニニギ様。いけませぬ。この国の掟では」

「掟は変えられる。だが、気持ちは変えられぬのだ」

ニニギはイハナガ姫を通り抜け、コノハナノサクヤ姫の腕を掴《つか》んだ。

「おやめください」

「やめぬ。この気持ちはもう止められぬのだ」

「なんという屈辱」

イハナガ姫は吐き捨てるようにそう言うと、きびすを返した。

「みなの者。帰りますぞ」

「姉上」

「コノハナノサクヤ姫。そしてニニギ様。けっしてこのままで済むと思いますな」

イハナガ姫は家来どもを引き連れて帰っていった。後にはニニギとコノハナノサクヤ姫が残された。

ニニギはコノハナノサクヤ姫を抱き寄せた。

「このときを待っていたのだ」

「姉上が可哀想《かわいそう》です」

「だが、先に出会ったのはあなたのほうだ。仕方のないこと」

ニニギはコノハナノサクヤ姫を力を込めて抱きしめる。

「ニニギ様」

コノハナノサクヤ姫もニニギの抱擁《ほうよう》に応《こた》える。

ニニギはやがてコノハナノサクヤ姫を突き放すと、自らの衣服を脱ぎ捨てた。コノハナノサクヤ姫も衣服を脱ぎ捨てる。

二人は全裸になって褥《しとね》に横たわり、お互いの躰をむさぼり合った。

＊

翌日、コノハナノサクヤ姫は浜辺に貝を拾いに行った。

独りになったニニギは昨夜のコノハナノサクヤ姫との交合《まぐわ》いを思い返していた。

（おとなしそうなコノハナノサクヤ姫のどこにあのような熱い気持ちが隠されていたのか）

早く浜辺からコノハナノサクヤ姫が帰ればいいとニニギは思った。

戸が開いた。

ニニギが戸口を見ると、入ってきたのはイハナガ姫だった。

（コノハナノサクヤ姫）

「イハナガ姫」

「ニニギ様」

イハナガ姫は軽く頭を下げた。

「昨日は済まなかった。だが心を偽りあなたと夫婦になれば、かえって礼を失することになる」

「ニニギ様。あなたは大変な間違いを犯したのですよ」

「大変な間違いだって」

「そうです」

「どういう事だ」

ニニギはイハナガ姫を見つめた。

「コノハナノサクヤ姫は、寿命がたいへん短いのです」

「なんだって」

ニニギは眉《まゆ》をひそめた。

「わたくしの寿命は岩のように長いのです。だからわたくしはイハナガ姫。コノハナノサクヤ姫の寿命は、花のように短いのです。だからコノハナノサクヤ姫というのです」

イハナガ姫は勝ち誇ったような笑みを浮かべた。

「わたくしと夫婦になっていれば、総ての子孫が永い命を得られたものを。コノハナノサクヤ姫と夫婦になったばかりに、あなたがたの子孫は神々の寿命を得られずに、短い、ヒト並みの寿命しか与えられないでしょう」

短い寿命……。

ニニギはそのことを少し残念に思った。だが、コノハナノサクヤ姫を思う気持ちはもう止められぬのだ。

「お気をつけなさい」

「気をつけるだと。いったい何に気をつけるのだ」

「コノハナノサクヤ姫です。コノハナノサクヤ姫は短い寿命ゆえに多情です」

「そうです。あの娘は、あなた様と契る前にも、この葦原中国で大勢の男と契っています」

「なんだと」

「ニニギ様はあの娘に誑《たぶら》かされているのですよ」

「そのようなことは信じない」

「問い質《ただ》しても本当のことをいうはずもなし。さて、いったいどのようにしてコノハナノサクヤ姫の本当の姿を見抜けばよいのやら」

そういうとイハナガ姫は笑いながら家を出ていった。

＊

浜辺からコノハナノサクヤ姫が、息を切らして帰ってきた。

「どうしたのだ。そんなに慌てて」

「ニニギ様。聞いてください」

コノハナノサクヤ姫は輝くような笑顔を見せている。

「わたしは、身重になりました」

「なに」

「あなたとわたしの稚児《ややこ》ができたのです」

「多情だと」

コノハナノサクヤ姫はニニギの胸に飛び込んだ。

ニニギはコノハナノサクヤ姫を押し返して後ろを向いた。

「どうしたのです」

「ただ一度の契りで稚児ができたというのか」

「はい」

コノハナノサクヤ姫は怪訝《けげん》そうに言葉を返す。

「信じられない」

「どういうことですか。何が信じられないのでしょう」

「その稚児は、本当にボクの子なのか」

「なんと言われます」

コノハナノサクヤ姫の顔が蒼白《そうはく》になる。

「なにを莫迦《ばか》なことを仰《おっしゃ》るのです。わたしはニニギ様のほかに男を知りませぬ」

「葦原中国のほかの男がお前を放《ほう》っておいたというのか」

「わたしは、いつかきっと夫婦になるべき人に巡り会うと信じていたのです」

「イハナガ姫から聞いたのだ」

「そうだ。イハナガ姫が来たのですか」

「そうだ。そして、お前が多情な女だと教えてくれた」

「それは違います」

コノハナノサクヤ姫は後ずさった。

「松林を過ぎると小さな産殿《うぶや》があります。わたしはそこに行って稚児を産みます。もしその稚児があなた様の子であるならば、無事に産まれるでしょう。でももし他の男の稚児であるならば、決して無事には産まれないでしょう」

コノハナノサクヤ姫は家を出ていった。

ニニギはすぐにコノハナノサクヤ姫を追いかけた。

（ボクはなんて酷《むご》いことを言ってしまったんだ）

イハナガ姫の讒言《ざんげん》を真に受けて、あれほど真心を誓い合ったコノハナノサクヤ姫を疑うなんて。

ニニギは走った。

前方にコノハナノサクヤ姫が見えた。

「コノハナノサクヤ姫。止まるんだ。そんなに速く走ったらお腹の稚児に障《さわ》る」

だが、コノハナノサクヤ姫はニニギの声が聞こえないのか、止まろうとしない。

「コノハナノサクヤ姫。止まるんだ。ボクが悪かった」

コノハナノサクヤ姫が両手で耳を塞《ふさ》いだ。

産殿が見えてきた。

ニニギは足を速めた。もう少しでコノハナノサクヤ姫に追いつく。

「捕まえたぞ」

ニニギがコノハナノサクヤ姫の背中に手をかけようとしたとき、コノハナノサクヤ姫は産殿に入って中から戸を閉めた。

「コノハナノサクヤ姫」

ニニギは産殿の戸を開けようとするが、つっかい棒を掛けられているのか、一向に開く気配がない。

「開けてくれ。ボクが悪かった」

「ニニギ様」

中からコノハナノサクヤ姫の声がする。

「わたしの真心は、燃えさかる炎で証立《あかし》てて見せます」

「燃えさかる炎……」

「早くこの産殿から離れてください」

中からぱちぱちと音がする。

「や、やめるんだ」

ニニギはおろおろとした声で言う。

「わたしの身ごもった子が真にニニギ様のお子であるならば、きっと無事に産まれることでしょう」

産殿の隙間《すきま》からぱんと音がして炎が飛び出してきた。

ニニギは思わず跳びすさった。

炎は一瞬のうちに産殿全体を包んでしまった。

「コノハナノサクヤ姫」

ニニギは叫んだ。

炎はなおも燃えさかり、もはや産殿には一歩たりとも近づくことはできない。

「ああ」

ニニギの目から涙がこぼれ落ちた。

産殿を燃やす炎は勢いを強め、高天原に届くかと思われるほど高く噴き上げている。

産殿は燃えて戸の辺りはすでに崩れ落ちようとしている。

「コノハナノサクヤ姫」

ニニギは叫びながら産殿に向かって走った。戸に体当たりを喰《く》らわす。戸は砕け散った。

炎を突き抜け、ニニギは産殿の中に入った。

中は一面赤い光に包まれ、皮膚を溶かすほどの熱い空気で満ちている。

産殿の中程の褥に、コノハナノサクヤ姫が目を瞑《つむ》ったまま横たわっている。ニニギはすぐにコノハナノサクヤ姫の許《もと》へ駆け寄った。

物言わぬコノハナノサクヤ姫を、静かに抱き起こす。

「コノハナノサクヤ姫」

コノハナノサクヤ姫は応えない。

「頼む。何か喋《しゃべ》ってくれ」

ニニギはコノハナノサクヤ姫の躰を揺すった。

「ボクが悪かった。許しておくれ」

ニニギの目からこぼれ落ちた涙が、コノハナノサクヤ姫の頬《ほお》を打った。

ニニギの手に、微《かす》かな鼓動が伝わる。

「コノハナノサクヤ姫」

コノハナノサクヤ姫はうっすらと目を開いた。

「ニニギ様」

「よかった。生きていてくれたか」

「稚児を残して、死にはいたしません」

「稚児……」

「産まれたのです。わたしとニニギ様の子が」

微かに泣き声がする。

炎がだんだんと収まってくる。炎が消えると、今まで見えなかった部屋の様子が見えてくる。

部屋の奥の褥に、赤ん坊がふたり並んで寝かされている。

「産まれたのか」

「はい」

コノハナノサクヤ姫は頬笑《ほほえ》んだ。

ニニギは赤子の許へ行き、ふたり一緒に抱き上げる。ニニギに抱かれると、赤子は泣きやんだ。

「父親が判るのですね」

躰を起こしたコノハナノサクヤ姫が声をかける。

ニニギはふたりの赤子をコノハナノサクヤ姫の褥に移した。

「ニニギ様」

ニニギはコノハナノサクヤ姫を抱きしめた。

「もう、何があっても放しはしない」

コノハナノサクヤ姫もニニギの背中を強く抱き返す。

ふたりの赤子が両親を見て笑顔を見せている。

炎が燃えさかっているときに産まれたので、兄は火照命《ホテリノ》、弟は火遠理命《ホオリノ》と名づけられた。

後に、火照命は海幸彦《ウミサチヒコ》、火遠理命は山幸彦《ヤマサチヒコ》と名を変えるが、その話はまた別の機会に

……。

＊　＊　＊
　＊　＊
＊　＊　＊
　＊　＊
＊　＊　＊

稲光が一瞬、稗田阿礼《ひえだのあれ》の顔を照らした。

阿礼の口が閉じられていることを太安万侶《おおのやすまろ》は見て取った。

部屋の中は暗い。燭台《しょくだい》の油が切れたようだ。

安万侶は、自分の躰が小刻みに震えていることに気がついた。

「今までの話は、たしかにお前が感知した話なのだな」

声が震える。

「間違いございません」

阿礼は頭を下げる。

安万侶は何とか心を落着かせようと目を瞑った。

「高天原とは」

安万侶はゆっくりと言葉を発した。

「韓国《からくに》のことをいったものだと思っていたが」

安万侶は目を開ける。

阿礼は首を左右に振る。

「高天原はこの上に」

阿礼は天井を見上げた。その目はしかし天井のさらに上を見つめているようだ。

「では」

安万侶は坐《すわ》ったまま阿礼ににじり寄る。

「高天原からやってきたという我らの祖先は……」

安万侶はその大きなぎょろりとした目で阿礼を睨みつけるように見た。

阿礼は頷いた。

「信じられぬ。我らの出自が、この」

安万侶は天井を見上げた。

——宙の彼方にあったとは。

我らがつい空を見上げてしまうのは、自分たちの故郷がそこにあるからかもしれぬ。

「では淤能碁呂《おのごろ》とは、淤能碁呂とはいったいどこにあるのだ」

安万侶は視線を阿礼に戻した。

「この大地、葦原中国ができる前に、海の中に初めてできた島が淤能碁呂だと思っていたが」

「そうではないのです」

阿礼の声も震えている。

「お前の話を聞くと」

安万侶の言葉に阿礼は頷いた。

「そうです。淤能碁呂とは、この地、海にある島ではありませぬ」

雷《いかづち》が収まったようだ。部屋の中は暗くなる。阿礼の顔がぼんやりとしか見えない。

「淤能碁呂とは、宙に浮かぶ巨大な船なのです」

「信じられぬ」

暗闇《くらやみ》の中、安万侶と阿礼は互いの顔を見つめ合った。

「高天原の彼方から、我らの祖先は、淤能碁呂という巨大な船に乗って、この葦原中国の地に辿《たど》り着いたのです」

「宙に浮かぶ淤能碁呂から、天の浮橋という梯子《はしご》を下ろして葦原中国の地に降り立ったのだな」

「はい」

「では、黄泉国《よみのくに》とはどこにあるのだ」

「黄泉国とは、高天原の別名でございます」

「なんだと」

「高天原のどこかに、黄泉国はあるのです」

「しかし、黄泉国に行くには黄泉比良坂《よもつひらさか》を通らなければならぬはず」

「お気づきになりませぬか」

「何をだ」

「黄泉比良坂とは、天の浮橋のことなのです」

「なに」

「我らは来たときも帰るときも、天の浮橋、黄泉比良坂を通っていくのです」

「では我らは死した後、高天原に戻るというのか」

「はい。高天原のどこかに。それがどこにあるのかは判りませぬが」

薄暗い暮らしに慣れているふたりの目は、すぐに灯《あか》りの消えた部屋の中で、互いの姿を認め合った。

「だが」

安万侶が重々しい口を開いた。

「このままではまずい」

阿礼は首を傾《かし》げる。

「何がまずいのでしょう」

「我らが仰せつかった古事記の編纂《へんさん》は、この倭《やまと》の歴史を記して子々孫々まで伝えるのが目当て」

「はい」

「ならばまずいところがあろう」

安万侶は声をひそめた。

「まず二神の国生みの章」

「国生み……」

「二神は葦原中国のそれぞれの島に、ご自分たちの子供を産み、お住まわされた」

「はい」

「だが、もともと島々があったとあれば、我らの祖先の神々の偉大さが充分に伝わらぬ憾《うら》みがある」

安万侶は阿礼から目を逸《そ》らし、何事かを考えている。

「ここはいっそのこと、伊邪那岐《いざなき》、伊邪那美《いざなみ》の二神が、葦原中国の島々、大八島《おおやしま》をお造りになったとしたほうがよい」

阿礼はゆっくりと頷く。

「さらにヤマタノヲロチのことだが」

「はい」

「ヤマタノヲロチが、もとはといえば伊邪那美様のお産みになった水蛭子《ひるこ》が巨《おお》きく育ったものだとはいかにもまずい」

「はい」

「ヤマタノヲロチは伊邪那美様とは関《かか》わりないことにしなくては。しかもスサノヲ様に五つの首を切り落とされたヤマタノヲロチが、宙に逃げ帰ったなどと記したら、いたずらに民草《たみくさ》の心を波立たせるばかり」

「はい」

「ここはヤマタノヲロチは、スサノヲ様に退治されて死んだことにするのだ」

阿礼は安万侶の言葉に異を唱えずに頷いている。

「また、天《あめ》の石屋戸《いわやど》の章で、アマテラス様がスサノヲ様に犯されいったんは御自害されたとは、知らせてはならぬ」

「判っております」

「ここはアマテラス様が、スサノヲ様の乱暴ぶりに心を痛め、天の石屋戸にお隠れになったとしておこう」

「はい」

「また、因幡《いなば》の白兎《しろうさぎ》の章で、兎が鰐《わに》を騙《だま》したとあるが、鰐をそのままにしておいては、我らの先祖の一部は南洋からやってきたということが判《わか》っておもしろくない。ここは文字を和迩《わに》と改め、鰐鮫《わにざめ》のこととしておくのだ」

阿礼は頷く。

「最後に、ニニギ様のことだが」

最後という言葉を聞いて、阿礼は居住まいを正した。

「アメノウズメ様に心を奪われたとは記さぬほうがよいだろうな。なおかつ」

安万侶が声をさらに低くする。

「コノハナノサクヤ姫よりも美しいイハナガ姫を選ばなかったとは解せぬことだ。イハナガ姫は醜い人だった。だからニニギ様はコノハナノサクヤ姫をお選びになった。そういうことにしておくのがよい」

稲光がして、すぐさま雷鳴が轟《とどろ》いた。

安万侶と阿礼の顔が一瞬、光の中に映し出される。

激しい雨の音がする。

部屋はふたたび暗くなる。

(この壮大な物語を、紙の中に閉じこめることができるものだろうか)

太安万侶は暗闇の中で考えていた。

——物語を紙に文字で記す。

そのような試みにどのような意味があるのかは判らない。まったく無駄に終わるかも知れない。だが、やらなければならないのだ。

(もしこの古事記という無謀な試みに人々が価値を認めてくれるのなら、この世界に満ちているはずの無限とも思える物語を書き記す者がきっと現われる。そして物語たちは永遠の命を与えられるのだ)

暗い部屋の中に、神々の気配がしたように安万侶は思った。

＊

和銅五年正月廿八日、太安万侶は稗田阿礼が暗唱した倭の史《ふみ》を総《すべ》て書き終えた。

この書物は『古事記』と名づけられ、元明《げんめい》天皇に献上された。

『古事記』成立の過程は序文に述べられているが、『古事記』成立の過程を記す文書はこの序文のほかになく、『古事記』の内容に若干の作為が含まれているのではないかと疑う者もいる。

なお、『古事記』文中、八俣《やまた》の大蛇《をろち》の章において、スサノヲに五つの首を切り落とされ宙に逃げ帰ったとされるヤマタノヲロチは、時代を隔ててまた葦原中国を襲いに舞い戻った。その時代の人々は三つ首になったヤマタノヲロチを、金具魏銅鑼《キングギドラ》と呼んだという。

―おわり―

【主要参考書籍】
（作品の内容を予見させる可能性がありますので、本文読了後にご確認ください）

『古事記（上）全訳注』次田真幸（講談社学術文庫）

解説　世紀末に生まれ変わったいにしえの神々

大多和伴彦

（　　）、鯨《くじら》統一郎が「古事記」に挑戦した。

括弧の中に、あなたはどんな言葉を入れるだろう？　もし、あなたがちょっとしたミステリーの愛読者であれば、「とうとう」か、「ついに」か、「やっぱり」か――おおむね、似通った言葉を入れるのではないだろうか。二十一世紀を目前にしたこの時期に本書が世に問われ、「千年紀末《ミレニアム》～」とタイトルに謳《うた》っているのと関連づけて「満を持して」と、編集者がつける帯コピーのようなフレーズを完成させる人もいるかもしれない。

いずれにせよ、本書『千年紀末古事記伝 ONOGORO』の刊行は、その著者が〝鯨統一郎〟であることによって、もうあなたの胸は本書への期待でかなり膨らんでいることだろう。

万一、あなたがそれほどのミステリー・ファンではなく、デビューしてからさほど時を経ていないこの著者の名をたまたま知らなかったなら（タイトルの「古事記」という文字にひかれて本書を手にする〝歴史マニア〟も多いだろう）、あなたは、実に幸福な新たなすばらしい作家との出会いをすることになる。

鯨統一郎氏のデビューは、一九九八年に刊行された連作短編集『邪馬台国《やまたいこく》はどこですか?』(創元推理文庫)であった。

この作品集は、鯨氏が第三回創元推理短編賞に応募した表題作(惜しくも受賞にはいたらなかったが、選考委員のひとりである宮部みゆき氏から絶賛された)にあらたに五編を書き下ろして編まれたものであった。

小さなカウンター・バーでたまたま顔を会わせた大学教授の三谷と助手の早乙女静香、そして在野の歴史研究家らしき宮田たちが繰り広げる歴史談義——というよりも「悟りなどブッダは開いていない」という宮田の暴言とも思える一言に端を発して始まったものなので、語らいはやがて〝史実検証バトル〟の様相を呈していく。

邪馬台国の所在地、聖徳太子《しょうとくたいし》の正体は何者なのか、明智光秀《あけちみつひで》の謀反の動機、明治維新の黒幕は誰であったか、そして、キリスト復活の真相と、扱うテーマは洋の東西、時代の新旧を問わず、しかも、歴史上の出来事の中でもかなり重要な事項。さらに(ここがポイントなのだが)、壮絶な舌戦のあげく到達する結論は、私たちが教科書や歴史書などで教わったり、学んだりしてきた〝常識〟を根底から覆すユニークなものばかり。そこに至る論理の展開はもちろん鮮やかで、登場人物たちのキャラクターもそれぞれが個性的に描《か》きわけられた(いつ始まるやしれぬ三人のバトルに、歴史の予習にいそしみ、かつ店本来のもてなしにも気働きをきかせるバーテンダー・松永も、いい味を出していた)傑作であった。

設定も内容もユニークなこの『邪馬台国はどこですか?』は、無名の新人の処女作ながら、一九九九年版「このミステリーがすごい！」（宝島社）では、国内部門ベスト10の八位に、また、「本格ミステリ・ベスト10」（東京創元社）では、堂々三位にランク・インするほどの読者の支持を集めた。

そのあと、鯨氏は、宮沢賢治の『銀河鉄道の夜』をモチーフに、その幻の第五次稿が現存しており、賢治が見つけたダイヤの隠し場所が記載されているという設定に誘拐事件を絡めた『隕石《いんせき》誘拐―宮沢賢治の迷宮』（一九九九年六月、光文社カッパ・ノベルス）を上梓《じょうし》。初の長編作品ながら、幻想的な賢治ワールドに魅力的な暗号を盛り込み、文学的な香りも高い傑作に仕上がっていた。

さらに、今年四月には、『とんち探偵一休さん―金閣寺に密室《ひそかむろ》』（祥伝社ノン・ノベル）を発表。金閣寺の最上層にある究竟頂《くぎょうちょう》で首を吊《つ》って冷たくなっていた足利義満《あしかがよしみつ》、しかも、遺体発見時にそこは完全密室状態で、義満にも自ら命を断つ動機があるとは思われなかった――この本格テイスト漂う事件の謎解《なぞと》きをすることになるのが、なんと、一休さん、というところが、まず、意表をついて面白かった。〝建仁寺《けんにんじ》のとんち小坊主〟さんが力を借りる人物に、世阿弥《ぜあみ》たちなど同時代の重要人物を配して、物語に厚みを持たせ、もちろん謎解きの楽しみと、デビュー作以来、鯨氏の独擅場《どくせんじょう》となった、歴史の常識を小気味よく覆してみせる技も存分に発揮されており、発売当初、ベストセラー・ランキングにも顔を見せる売れ行きであった。

これらの書き下ろし作品を上梓する傍ら鯨氏は、「小説宝石」で、「ヘンゼルとグレーテル」や「ブレーメンの音楽隊」などの童話に材をとった「殺人メルヘン」シリーズ、「小説non」に発表している「なみだ研究所へようこそ！」シリーズ、「文藝ポスト」の70年代ヒット曲でつづるスラップスティック・ミステリー「マグレ警部の事件簿」シリーズなど、小説雑誌に精力的に短編を発表している。いずれ、これらの作品も順次単行本化され、前述の作品同様、多くの読者を楽しませてくれることになるのは間違いないだろう。

と、ここまで駆け足だが辿《たど》ってきた本書の著者鯨統一郎氏のこれまでの足跡——というにはあまりに短い、しかし、その充実ぶりを見れば、いかに氏が才能豊かな作家で、また、それに見合った評価をデビューと同時に得た希《け》有《う》な人物であるかが、ご理解いただけたかと思う。そして、本稿の冒頭の（　）の中に入る言葉が、期待や、「半ば予想していたけれどこんなに早い時期に読むことが叶《かな》うとは」という驚きを表すものになる理由が、氏の著書に残念ながらこれまで馴《な》染《じ》みの無かった読者にもわかっていただけるのではないか。

古事記——大和《やまと》朝廷が編纂《へんさん》した史書であり、この国最古の書である。その内容は、この世界の成り立ちから始まり、語られる神話や伝説は私たちの血肉となるほど知られているものが多い。それを鯨氏がどう料理してくれるのか——これがまず第一に本書に寄せられる期待となるのは間違いない。しかも、本書の扉には、

「＊古事記の真相に触れています」

と高らかに宣言されているではないか！

冒頭の「序」で、稗田阿礼《ひえだのあれ》を女性であったと解釈し、彼女が二十五年かけて〝感知〟し

た倭《やまと》の歴史を、太安万侶《おおのやすまろ》に語るという設定が面白い。稗田阿礼は性別も諸説ある人物であるが、天宇受売命《あめのうずめのみこと》の子孫であるので、彼女にこのような霊力があったとする解釈は説得力を持っている。

　物語は、巷間《こうかん》伝わる「古事記」に則《のっと》って進んでいく。〝天地《あめつち》の初め〟から〝国生みと神生み〟、〝黄泉国《よみのくに》〟、〝天《あめ》の岩屋戸《いわやど》〟、〝八俣《やまた》の大蛇《をろち》〟、〝因幡《いなば》の白兎《しろうさぎ》〟と懐かしいエピソードが次々と語られ、登場する神々も、伊邪那岐命《イザナキノミコト》・伊邪那美命《イザナミノミコト》、天照大御神《あまてらすおほみかみ》、須佐之男命《スサノヲノミコト》、大《おほ》国主神《くにぬしのかみ》と、お馴染みの面々……。

　文体も、いにしえの神話・伝説を語るにふさわしい、シンプルで、それゆえ逆に力強さを秘めたものだ。作中の稗田阿礼と同じく、鯨氏が何者かに感応して、筆の進むままに書き付けていったかのような勢いもあり、ぐいぐいとページをめくっていくことができる。が、やがて実は、それこそが鯨氏が私たちに仕掛けた〝罠《わな》〟であることに気づく。ネタばらしになってしまうので、詳細は割愛するが、本書を読みながら読者は随所でなんとなく首を傾《かし》げることになるだろう。「こういう話だったっけ?」とか「こんなシーンがあったっけ?」と。しかし、「古事記」の原典を詳細に読んだことのある人がどれほどいることだろうか。先に〝懐かしい〟、〝お馴染みの〟と書いたけれど、「古事記」に登場するエピソードを私たちが知ったのは、実は、お伽噺《とぎばなし》と同じ扱いで描かれた絵本や、アニメなど、大半はまだ父や母の膝《ひざ》の上を独占していたころであることがほとんどなのではなかろうか。そのストーリーには強烈な印象を受け、記憶には残っているけれど、細部まではよく知らない。この私たちの弱点を見事に突き、そこに創造力によって生み出された巧妙な仕掛けを鯨氏は施していく。

その中のいくつかは、明らかに〝新解釈〟として「古事記」の矛盾点を整合性あるものにしたり（八俣の大蛇からなぜ草薙《くさなぎ》の剣が出てきたのか）、密室殺人（神？）事件の様相を呈して楽しませてくれる天の岩屋戸のシーンなどがあるけれど、仕掛けのひとつひとつは本書の最後に至って大きなどんでん返し――「古事記」成立過程そのものに秘められていた謎へと辿り着く。そして、〝鯨統一郎流〟の解釈で披露されるその真相を目《ま》の当たりにしたとき、読者は驚愕《きょうがく》し、その余韻に浸りながら、史実とはなにか、という大きな問題へも思いを馳《は》せ、少しばかりほろ苦い思いにかられるかもしれない。

しかし、同時に鯨氏は、太安万侶にこんな台詞《せりふ》を語らせてもいる。

（もしこの古事記という無謀な試みに人々が価値を認めてくれるなら、この世界に満ちているはずの無限とも思える物語を書き記す者がきっと現れる。そして物語たちは永遠の命を与えられるのだ）

私には、〝物語〟というものに寄せる鯨氏自身の思いが、この独白に込められていると思えるのだ。

「古事記」に親しんだ者にとっての楽しみをつらつらと書いたが、あまり縁のない若い読者には本書は波瀾《はらん》万丈のファンタジーとして新鮮な驚きをもって受け取ってもらえることだろう。

古典は常に新しい。そこにさらに鯨氏の才能が磨きを掛けて光りを増した作品——それが、本作『千年紀末古事記伝』である。

（おおたわ・ともひこ／文芸評論家）

Haruki Bunko
ハルキ文庫
く 4-1

千年紀末古事記伝《ミレニアムこじきでん》 ONOGORO

著者 鯨《くじら》 統一郎《とういちろう》

2000年10月18日第一刷発行

発行者 角川春樹

発行所 株式会社角川春樹事務所
〒101-0051東京都千代田区神田神保町3-27二葉第1ビル

電話 03(3263)5247(編集)
03(3263)5881(営業)

印刷・製本 中央精版印刷株式会社

フォーマット・デザイン 芦澤泰偉
表紙イラストレーション 門坂 流

ISBN4-89456-769-5 C0193

http://www.kadokawaharuki.co.jp/

ハルキ文庫 小説

- 半村良　平家伝説
- 半村良　闇の中の系図
- 半村良　闇の中の黄金
- 半村良　闇の中の哄笑
- 半村良　獣人伝説
- 半村良　魔女伝説
- 半村良　邪神世界
- 半村良　聖母伝説
- 半村良　石の血脈
- 半村良　産霊山秘録
- 半村良　回転扉
- 半村良　不可触領域
- 半村良　下町探偵局PART I・II
- 半村良　戦国自衛隊
- 半村良　亜空間要塞
- 清水義範　禁断星域の伝説 宇宙史シリーズ❶
- 清水義範　黄金惑星の伝説 宇宙史シリーズ❷
- 清水義範　不死人類の伝説 宇宙史シリーズ❸
- 清水義範　絶滅星群の伝説 宇宙史シリーズ❹
- 清水義範　楽園宇宙の伝説 宇宙史シリーズ❺

- 栗本薫　真夜中の切裂きジャック
- 栗本薫　魔境遊撃隊 第一部・第二部
- 栗本薫　エーリアン殺人事件
- 栗本薫　メディア9《ナイン》 上 下
- 栗本薫　キャバレー
- 栗本薫　天国への階段
- 高千穂遙　魔道神話❶❷❸
- 高千穂遙　目覚めしものは竜〈ザ・ドラゴンカンフー〉
- 高千穂遙　銀河番外地 運び屋サム・シリーズ❶
- 高千穂遙　聖獣の塔 運び屋サム・シリーズ❷
- 平井和正　狼男だよ アダルト・ウルフガイシリーズ❶
- 平井和正　狼よ、故郷を見よ アダルト・ウルフガイシリーズ❷
- 平井和正　人狼地獄 アダルト・ウルフガイシリーズ❸
- 平井和正　人狼戦線 アダルト・ウルフガイシリーズ❹
- 平井和正　人狼、暁に死す アダルト・ウルフガイシリーズ❺
- 平井和正　ウルフガイ不死の血脈 アダルト・ウルフガイシリーズ❻
- 平井和正　ウルフガイ凶霊の罠 アダルト・ウルフガイシリーズ❼
- 平井和正　ウルフガイ イン・ソドム アダルト・ウルフガイシリーズ❽
- 平井和正　ウルフガイ 魔天楼 アダルト・ウルフガイシリーズ❾

ハルキ文庫 小説

西村京太郎　十津川警部 海の挽歌
西村京太郎　十津川警部 颪の挽歌
内田康夫　遠野殺人事件
内田康夫　十三の墓標
内田康夫　杜の都殺人事件
内田康夫　追分殺人事件
内田康夫　崇徳伝説殺人事件
内田康夫　歌枕殺人事件
佐藤正午　放蕩記
斎藤 純　レボリューション
朝松 健　魔犬召喚
朝松 健　比良坂ファイル 幻の女《ファム ファタル》
朝松 健　魔術戦士《マジカル・ウォーリアー》❶ 蛇神召喚
朝松 健　魔術戦士《マジカル・ウォーリアー》❷ 妖蛆召喚
朝松 健　魔術戦士《マジカル・ウォーリアー》❸ 牧神召喚
朝松 健　魔術戦士《マジカル・ウォーリアー》❹ 星辰召喚
朝松 健　魔術戦士《マジカル・ウォーリアー》❺ 白魔召喚

朝松 健　魔術戦士《マジカル・ウォーリアー》❻ 冥府召喚
朝松 健　魔術戦士《マジカル・ウォーリアー》❼ 魔王召喚 書き下ろし
朝松 健　こわがらないで…
朝松 健　凶獣幻野
朝松 健　天外魔艦
桑原譲太郎　シュドラとの七日間 書き下ろし
桑原譲太郎　アウトローは静かに騒ぐ
桑原譲太郎　アウトローは黙って狂う
桑原譲太郎　復讐日本❶❷❸
桑原譲太郎　ダブル
桑原譲太郎　狼よ、大地を裂け 上下
桑原譲太郎　狼よ、帝都に舞え 上下
桑原譲太郎　狼よ、荒野に散れ 上下
桑原譲太郎　奪還
桑原譲太郎　さらば九龍《カオルーン》の疾風《かぜ》
桑原譲太郎　殺《や》られる前に演《や》れ
桑原譲太郎　狼よ、列島を消せ 上下

ハルキ文庫 小説

木谷恭介 紅の殺人海溝
木谷恭介 長崎オランダ坂殺人事件
木谷恭介 西行伝説殺人事件
木谷恭介 宮之原警部の愛と追跡
木谷恭介 小樽運河殺人事件
竹本健治 殺戮のための超・絶・技・巧 バーミリオンのネコ❶
竹本健治 タンブーラの人形つかい バーミリオンのネコ❷
竹本健治 兇殺のミッシング・リンク バーミリオンのネコ❸
竹本健治 “魔の四面体《テトラヘドロン》”の悪霊 バーミリオンのネコ❹
竹本健治 クー
竹本健治 鏡面のクー 書き下ろし
柘植久慶 復讐の牙
柘植久慶 国家転覆 199Xクーデター計画
柘植久慶 ロイヤルコレクションを狙え
柘植久慶 獅子たる一日を
柘植久慶 熱砂の脱出
柘植久慶 スーツケース一杯の恐怖 書き下ろし

柘植久慶 復讐の掟
柘植久慶 土方歳三の鬼謀❶❷❸
柘植久慶 神奈川縣札 書き下ろし
柘植久慶 悪魔の摂理
柘植久慶 飢狼たちの聖餐
今野敏 秘拳水滸伝❶ 如来降臨篇
今野敏 秘拳水滸伝❷ 明王招喚篇
今野敏 秘拳水滸伝❸ 第三明王篇
今野敏 秘拳水滸伝❹ 弥勒救済篇
今野敏 ナイトランナー ボディーガード工藤兵悟❶
今野敏 チェイス・ゲーム ボディーガード工藤兵悟❷
今野敏 バトル・ダーク ボディーガード工藤兵悟❸
今野敏 時空《とき》の巫女
小川竜生 黄金の魂
小川竜生 真夏のヘビイメタル
山本甲士 蛇の道は蒼く 書き下ろし
浜田文人 光る疵 天才ギャンブラー・三田一星の殺人推理

ハルキ文庫 小説

樋口有介 風の日にララバイ
樋口有介 八月の舟
佐藤愛子 幸福のかたち
辻井 喬 変身譚
泡坂妻夫 妖女のねむり
泡坂妻夫 喜劇悲奇劇
泡坂妻夫 花嫁のさけび
山田風太郎 厨子家の悪霊
山田風太郎 幻妖桐の葉おとし
山田風太郎 黒衣の聖母
山田風太郎 みささぎ盗賊
山田風太郎 男性滅亡
小林恭二 ゼウスガーデン衰亡史 決定版
小林恭二 電話男
中野美代子 眠る石 奇譚十五夜
浅黄 斑 能登の海 殺人回廊

浅黄 斑 瀬戸の海 殺人回廊
浅黄 斑 霧の悲劇
和田はつ子 死神
篠田秀幸 蝶たちの迷宮
飯野文彦 邪教伝説 ミレニアム
日本冒険作家クラブ編 夢を撃つ男
石黒達昌 新化
石黒達昌 人喰い病 書き下ろし
村上政彦 トキオ・ウィルス
モーパッサン［訳］太田浩一 モーパッサン傑作選
サキ［訳］大津栄一郎 サキ傑作選
ノーマン・メイラー［訳］斉藤健一 聖書物語
アンドレア・カミッレーリ［訳］千種 堅 モンタルバーノ警部 悲しきバイオリン
アンドレア・カミッレーリ［訳］千種 堅 おやつ泥棒 モンタルバーノ警部